Pequeñas historias para ti...

Joan Massip Quintana

Prólogo: Jaume Bosch i Pugès
Alcalde de Sant Boi de Llobregat

1ª edición: Noviembre 2013

ISBN: 978-84-941447-4-5
DL: B-25537-2013

Índice

"Lo más atroz de las cosas malas, de la gente mala, es el silencio de la gente buena"

Mahatma Gandhi

No quiero valorar si hay en mí algo bueno o no, pero sí sé que si callo, no seré mejor que ellos...

Joan Massip Quintana (Autor)

A los "Lletraferits de Sant Boi"

A los "Lletraferits de Sant Boi", con todo mi cariño, por su coraje y valentía. Por iniciar un camino donde puede haber obstáculos pero que también estará lleno de ilusión, fantasía y magia. Por sembrar, con la pluma de la escritura, las semillas del derecho al libre pensamiento, el respeto a las diferencias, y no mirar hacia otro lado cuando los demás necesitan que se les tienda una mano amiga.

A la humanidad

Quisiera dedicar este libro
a la humanidad,
con todos los sentimientos
y emociones que nos envuelven,
las positivas y las que no lo son tanto;
aunque tal vez dependa
de cómo las expresamos
desde lo más profundo de nuestro ser
y desde el momento en que cada uno
crea cada sentimiento.
Que cada cual,
desde su libertad,
juegue con su imaginación.

Gratitud

*A mi familia
y a todas las personas
que considero como tal.
A mi mujer, Antonia,
un poderoso rayo de sol
que siempre me da su calor,
con todo mi cariño.
A los amigos de la infancia
del barrio de Can-Pi,
donde nací y me crié
en aquella pequeña casa
que no tenía agua corriente.
Por eso iba a la fuente del barrio,
con un cubo, a buscarla,
y cuando llegaba a casa
siempre estaba medio vacío,
ya que el resto del agua
empapaba mis pantalones.
A todos y a todo
mi gratitud más sincera.*

Recibo tanto…

*Recibo tanto en las bibliotecas
de Sant Boi de Llobregat,
espacios llenos de saber
dónde he realizado
gran parte de mi trabajo;
por eso no os quiero olvidar
ahora que termino estos cuentos.
Desde vuestro silencio y mi silencio,
lleno de saber y de palabras,
¡Gracias, bibliotecas santboianas!*

*También dedico este libro
a "Radio Lunética" y "Radio Sant Boi",
por todos los buenos momentos
compartidos con todos ellos.
¡Cuántos momentos!
¡Cuántas palabras, llenas
de sentimientos de colores!*

A los más pequeños

*En este momento no puedo
olvidarme de los más pequeños;
permitidme, por favor,
que les dedique esta colección de relatos,
porque de la herencia que les dejamos,
seguramente sembraran una cosa u otra.
Pero, en especial, quiero dedicarlo
a una niña de un esplai,
a quien me encontré en el museo
de "Can Torrents" de Sant Boi
en el verano de dos mil diez.
La monitora iba explicando cosas que había
y seguían sucediendo en el mundo,
y ella me pregunto: ¿Por qué pasan estas
cosas?
Intenté explicárselo lo mejor que pude
y me dijo: ¡Pero eso no es justo!
Le contesté que no lo era, y que por eso
teníamos que intentar luchar para cambiarlas,
pero no con la violencia,
sino con la paz y con el corazón.
Y al acabar, ella dijo: "¡Gracias, Joan!"*

*Joan Massip Quintana (Autor)
Carme Raichs Padullés (Poeta)*

Prólogo

Cuando un escrito empieza con "Érase una vez ..." no hay ninguna duda, nos hallamos ante un cuento, ante una historia dirigida a los niños y a todos aquellos que quieren acercarse a ella con corazón de niño. Un libro siempre es una experiencia de vida.

Desde las primeras páginas, Joan nos invita a vivir esa experiencia con ojos sencillos y dispuestos a dejarnos penetrar por la fina lluvia de estos cuentos. *Pequeñas historias para ti* es un regalo para los sentidos, un canto a la vida consciente, libre y conectada.

Desde la realidad de cada uno es posible construir un futuro mejor y con palabras sencillas y próximas puede llegarse al alma, para "tocar" ese "Yo" mas íntimo, y en mayúsculas, que posibilita el cambio y la transformación. Cada historia es un saco lleno de valores que, por si solos, podrían contribuir a hacer una humanidad diferente. En "El palo y el punto de la i", el autor termina diciendo "...habían comprendido que compartiendo y colaborando, se conseguían excelentes resultados, y podían conseguir que el mundo fuera un lugar mejor". Qué excelente ejemplo para el momento actual que vivimos, con los egoísmos a flor de piel, y sin una visión amplia y generosa que nos permita avanzar, a todos sin excepción, hacia un mundo mejor.

Hemos nacido distintos, precisamente para complementarnos y crear juntos la riqueza de vivir, cuando rechazamos a alguien, estamos empobreciendo nuestro entorno, estamos impidiendo crecer en plenitud. Desde la sencillez de una historia contada por Joan podemos darnos cuenta y reflexionar, podemos empezar a cambiar y a ver el mundo con ojos de niño, limpios, justos, brillantes de ilusión, con esperanza.

Todo el libro traspasa amor a la vida. "La vida es inmensa, maravillosa y hermosa como una rosa. Y aunque a veces lleve espinas, eso no es un obstáculo para que podamos disfrutar de su olor ...". Un canto a ser feliz, desde la sencillez, aceptando los obstáculos que encontraremos por el camino, con la naturalidad de una flor, porque los obstáculos son también parte del camino mismo, necesarios para avanzar hacia la plenitud.

Y hacia esa plenitud solo se llega si somos capaces de descubrir el verdadero amor, el que nace del corazón y se expande con generosidad. La historia "Superando barreras ..." finaliza precisamente con esa maravillosa frase "...la vida es para cualquier ser vivo, especialmente para aquellos que son capaces de ofrecer amor a los demás".

Y desde el amor, la aceptación de las diferencias, la cooperación, la maravilla de vivir ... Joan nos anima también a ser revolucionarios, pero de la autentica revolución, la que nace de uno mismo. Nos dice en "La Marioneta", "La auténtica revolución está en uno mismo, y no se hace con las armas, sino con el corazón.". Para cambiar el mundo solo hay un camino, empezar por cambiar uno mismo. Si nos impregnamos de ese mensaje empezaremos a estar preparados para el cambio de paradigma que necesitamos.

Amigo lector, déjate llevar por la magia de cada una de esas historias, súmate en su sentido más profundo, hazlas tuyas, cuéntalas a tus hijos, nietos, amigos y amigas, búscale parangón en tu vida diaria e inicia el camino hacia el gran reto: ser feliz y hacer felices a los demás. Confío que después de la lectura atenta y reflexiva de cada una de estas historias, nada en ti será ya igual.

Gracias Joan por tu sensibilidad y por tu contribución a dejar el mundo un poco mejor de como lo hemos encontrado.

Jaume Bosch i Pugès
Alcalde de Sant Boi de Llobregat

El despertar

-Venga, hora de ir a la cama...

-Papá, ¿te vas a quedar un rato conmigo?

-A lo mejor sí.

-¡Venga! ¡Sí! ¡Y me cuentas un cuento!

-Bueno... ¡Está bien!

-¡Gracias! ¡Eres el mejor papá del mundo!

-A ver, ¿Qué cuento quieres que te cuente? ¿El del cerdito gordito? ¿El del pepino cuadrado? ¿O el de la princesa encantada?

-¡Papá! Siempre me cuentas los mismos cuentos...

-Vale... Voy a ver si me acuerdo de algún otro... No sé, quizás ese, o tal vez aquel otro, no sé, no se me ocurre ninguno...

-¡Venga, papá! ¡No te enrolles y empieza ya!

-Hija, no seas tan impaciente... Creo que me estoy acordando de uno...

Había una vez, en una aldea, un hombre que cultivaba toda clase de alimentos. Sólo él tenía las semillas para sembrar, así que, cuando éstas daban su fruto, él los repartía con todos sus vecinos del lugar, para que pudieran comer, para que nadie pasara hambre y para que todo el mundo pudiera vivir en armonía y paz.

Un día llegaron a la aldea cuatro hombres, y quisieron instalarse en ella. El hombre que cultivaba les dio la bienvenida, y les dijo: "Mirad, allí está mi granero, podéis coger lo que necesitéis para vivir aquí, pero no más, ya que todo lo que hay se ha de repartir entre todas las personas de la aldea".

Y así lo hicieron.

Pero un día el alimento empezó a faltar, y las gentes se dirigieron al hombre, para preguntarle qué pasaba, y por qué la comida ya no llegaba para todos...

Algunas personas empezaron a no tener nada para comer, pasaban mucha hambre y empezaron a ponerse enfermos. El hombre de las semillas investigó lo que sucedía, y se dio cuenta que los cuatro hombres que habían llegado recientemente, estaban robando la comida. Y les llamo la atención diciéndoles: "No volváis a hacer eso nunca más, porque, si lo volvéis a hacer, no os dejaré que cojáis la parte que os corresponde".

Pero ellos no hicieron caso.

Así, el hombre de las semillas se enfadó y les dijo: "Ya os lo advertí. ¡Ahora no tendréis vuestra parte!". Ellos se quejaron: "¡Pero entonces nos moriremos de hambre!" Y el hombre de las semillas respondió: "Si queréis comida, a partir de ahora tendréis que pagarme por ella". Ninguno de los cuatro recién venidos estaba dispuesto a ello, por lo que prepararon un plan para deshacerse de él.

Una noche cuando el hombre de las semillas descansaba en su cama, los cuatro nuevos vecinos entraron en su casa, y allí sin ningún tipo de piedad por el hombre que, cuando llegaron, les había proporcionado alimentos, acabaron con su vida.

Y decidieron quedarse con todo, y propusieron que si las personas de la aldea querían alimentos, tendrían que pagárselos. Y así fue...

Al poco tiempo, los alimentos se iban acabando poco a poco, y como ninguno de los cuatro sabía sembrar las semillas, no era posible conseguir más alimentos. Entonces, se dirigieron a las personas de la aldea y les dijeron: "Los alimentos se están acabando, pero nosotros tenemos las semillas, de modo que si no queréis morir de hambre, los que sepáis sembrar tendréis que trabajar. Nosotros pondremos las normas y vosotros las cumpliréis".

Las personas de la aldea se dieron cuenta de que aquello era un abuso, pero no podían hacer otra cosa, ya que de lo contrario sus hijos morirían de hambre. Los cuatro hombres cerraron la escuela de la aldea y quemaron todos los libros, para que los niños y las personas mayores no pudieran aprender nada, y así poder engañarlos más fácilmente.

A los niños les prohibieron jugar, ya que decían que era malo, eso si, para que el día de mañana fueran personas de provecho según ellos, les dejaban jugar a un único juego: ¡a la guerra!

Crearon un libro, que tenían que leer todas las personas de la aldea obligatoriamente, ya que si no lo hacían eran castigados muy severamente. Era un libro que manejaban a su antojo, en el que salían sus fotos, y se explicaba lo muy buenos que eran los cuatro y lo mucho que habían hecho por las gentes del lugar.

Con el paso del tiempo, aquellos cuatro hombres se hicieron muy ricos y poderosos, y las gentes de la aldea en su ignorancia, debido a que nadie tenía la oportunidad de aprender, creían en ellos, los consideraban sus salvadores, y estaban convencidos de que sin ellos no podrían hacer nada. Así, les dedicaban monumentos y homenajes, entre otras muchas cosas, y en las otras aldeas los recibían como auténticos héroes.

Mientras, en la aldea, los niños morían de hambre y de enfermedades.

Pero como todo llega, un día apareció una viejecita con una guadaña y se los llevo.

-¡Papá! Entonces los niños ya podían jugar a lo que quisieran, eran libres de estudiar, se podían curar de sus enfermedades, y no morirían más por no poder comer!

-No hija no, dicen que todavía se ve la sombra alargada de los cuatro hombres, vagando por todo el mundo...

-Papá, este cuento no me gusta nada...

-Ni a mí tampoco hija, ni a mí tampoco...

... y quemaron todos los libros, para que los niños y las personas mayores no pudieran aprender nada...

El niño más pequeño

*Este cuento está dedicado al S.R.C. de Santa Eulalia
(L'Hospitalet de Llobregat) y al grupo de teatro "Imagina", por
todos esos maravillosos momentos compartidos con toda la
ilusión y el cariño del mundo. Y para el niño más pequeño, con
la mayor admiración, afecto y respeto, por no rendirse nunca y
luchar por sus sueños.*

En un lugar muy lejano, que casi nadie conoce, vivía un niño que era muy pequeño, el niño más pequeño de todos. Pero, como todos los niños, tenía muchos sueños, llenos de fantasía y de magia.

Él quería jugar con los demás niños del lugar, pero éstos se reían y le decían que siendo tan pequeño no serviría nunca para nada bueno. Nuestro niño más pequeño se enfadaba, y no entendía por qué el hecho de ser diferente, justificase que los demás se rieran, se burlaran y no le dejaran jugar con ellos.

"¿Por qué no me dejáis jugar y estar con vosotros?", preguntaba. Y siempre hallaba la misma repuesta: "¿Tú te has visto bien? No eres igual que nosotros. Tan pequeño y debilucho, no nos sirves. Lo único que haces es molestar y estorbarnos. ¡Anda, vete! ¡No vuelvas más por aquí! ¡No te queremos con nosotros!"

Así, muy triste, porque aunque fuera pequeño, estaba lleno de grandes sentimientos, nuestro pequeño amigo se fue a dar una vuelta por el bosque, para poder ver el río que por allí pasaba. Cuando llegó, se sentó encima de una gran piedra que había, y desde allí contemplaba cómo los pájaros de todas clases, colores y tamaños, revoloteaban y jugaban juntos. Y se dijo: "Si los pájaros no son todos iguales, pero pueden jugar juntos ¿por qué yo no?".

Por el camino de regreso del bosque, se oían las voces de los otros niños que se acercaban. Para que no lo vieran, se escondió rápidamente detrás de un gran árbol. Los otros niños que se dirigían al bosque llevaban una pelota, una cuerda y otras cosas más, para poder jugar.

Mientras jugaban, uno de los niños resbaló y cayó al río, que era muy profundo y cuyas aguas bajaban revueltas. Y el niño no sabía nadar...

Los otros niños empezaron a ponerse muy nerviosos, y no sabían qué hacer. Entonces el niño más pequeño salió de su escondite y se dirigió hacia los niños del lugar.

- ¿Qué haces tú aquí? Vete y no molestes que nuestro amigo está en peligro, y no sabemos qué hacer para ayudarlo.- le dijeron.

-Yo tengo una idea para sacarlo del río- les contestó.

-¿Tú? ¿Una idea?- Dijeron los demás.

-¡Sí! Coged un extremo de la cuerda que habéis traído para jugar y atarla alrededor de mí cuerpo, luego coged el otro extremo y cuando yo entre en el río y agarre a vuestro amigo, tirad con todas vuestras fuerzas para que podamos salir los dos.

Y así lo hicieron.

Y de esta forma, y gracias al niño más pequeño, lograron salvar al niño grande que había caído al agua.

Y desde aquel día fueron siempre amigos y jugaron juntos, y todos los demás supieron valorar lo importante que era aquel niño tan pequeño.

Con el paso del tiempo, el niño más pequeño creció, aunque solo un poquito. Pero lo que sí siguió creciendo, más que en ningún otro, fue su corazón.

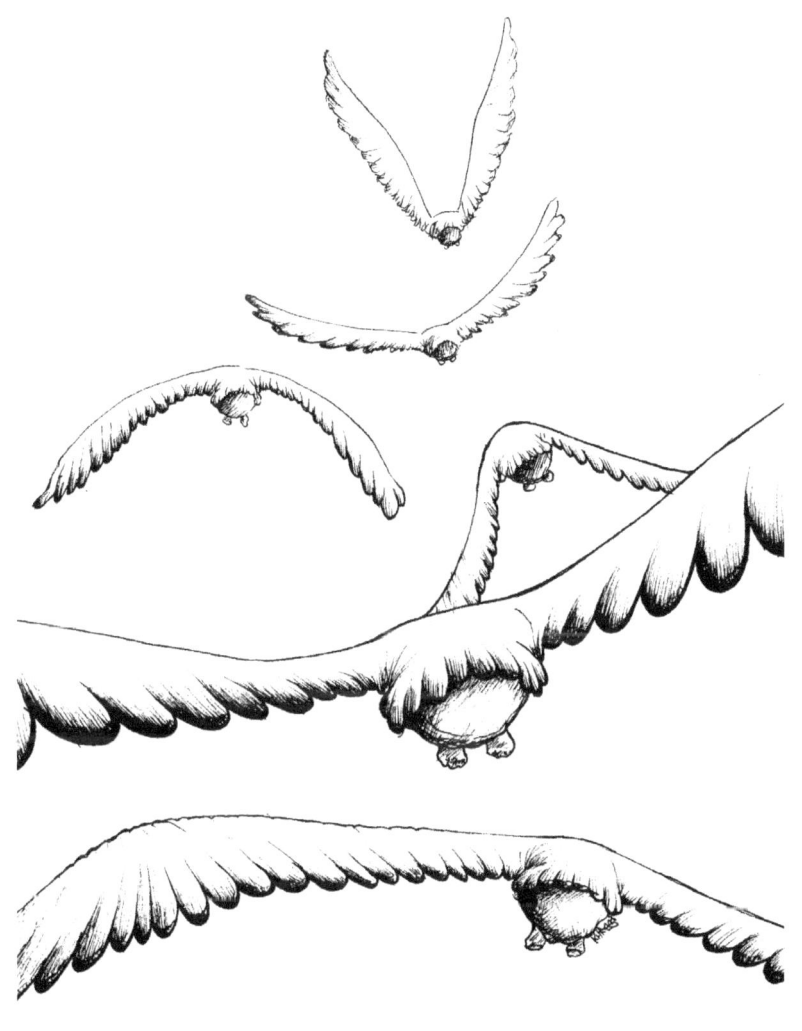

...los pájaros no son todos iguales, pero pueden jugar juntos...

El palo y el punto de la i

Dedicado a los clubs sociales Sant Martí y Sants Montjuïc, por tantos momentos bellos vividos y compartidos con el corazón.

Érase una vez, en un tiempo no muy lejano y no muy lejos de donde nos encontramos, que había un lugar de ensueño... Un valle maravilloso atravesado por un hermoso río de aguas cristalinas, que nacía en lo alto de la montaña más alta.

Allí, sobre la roca de la cual brotaba el agua, se hallaba la máquina de "crear palabras", que había funcionado durante años y había permitido que todo el mundo se comunicara, con palabras creadas como amor, paz, sol, alegría, agua, etc.

Sin embargo, esta máquina había dejado de funcionar porque un día sin que nadie supiese cómo ni por qué, desapareció la letra "i" y, a causa de ello, las palabras no salían y las personas de todo el mundo empezaban a tener problemas de comunicación. Después de un tiempo, las personas no se entendían y, poco a poco, la soledad fue apoderándose de todas ellas.

En el valle vivía un duendecillo, que siempre llevaba una bata blanca, y se pasaba los días subido en lo alto de un pedestal colocado en una zona cuadrada. Desde allí, vigilaba su más preciado tesoro: el palo de la letra "i". Y se sentía superior por ello-.

Ni muy lejos ni muy cerca de esta zona, había otro duendecillo, bastante rencoroso, que habitaba en una zona redonda, y se pasaba los días escondido bajo un sombrero, guardando con recelo el punto de la letra "i".

Las diferencias entre ambos duendecillos hacían que nunca quisieran colaborar entre ellos. Se miraban, pero se rehuían; se acercaban, pero se alejaban.

Ambos sabían que tenían una parte importante de lo que el mundo necesitaba, y que el futuro de éste y de todos sus habitantes dependía de ellos. Si no colaboraban, en tanto que sin la letra "i" la maquina no daba palabras, el mundo sería cada vez un lugar más triste y sin comunicación. Pero uno era demasiado soberbio y el otro demasiado desconfiado...

Cada uno, por su lado, había intentado colocar en la máquina la parte que tenían, pero no funcionaba... La máquina sólo aceptaría la letra completa: palo y punto, colocados a la vez.

Un día se encontraron por el camino y el duendecillo de la bata blanca que siempre llevaba su pedestal para mostrar su superioridad, tropezó y cayó al suelo. El otro duende se acercó y, tras un instante de duda, le tendió su mano, para ayudarlo a levantarse. Y en ese preciso momento, ambos se dieron cuenta de que, si se ayudaban y colaboraban mutuamente, podían lograr su objetivo de arreglar la máquina.

Entonces, el duende orgulloso, se quitó su bata blanca y la dejó a un lado del camino. Por su parte, el duende rencoroso se quitó su sombrero y también lo dejó a un lado. Y se dieron cuenta de que eran iguales, duendecillos, pero también diferentes, pero si sabían valorar y respetar esas diferencias, podían conseguir que la barrera que les distanciaba empezara a desaparecer.

Así que los dos juntos, cogidos de la mano, se dirigieron hacia la máquina de las palabras y cada uno de ellos introdujo su parte: uno el palo y el otro el punto de la "i". Y, de pronto, la máquina se puso en marcha y empezaron a salir palabras y palabras, nuevas y necesarias, como solidaridad, comprensión, amistad, dignidad, ilusión, imaginación, idea, igualdad, etc.

En pocas horas, las personas dejaron de sentirse tristes y solas, porque tenían nuevas palabras para expresar sus buenos sentimientos.

Y desde aquel día, ambos duendecillos se convirtieron en amigos y compañeros inseparables, porque habían comprendido que compartiendo y colaborando, se conseguían excelentes resultados, y podían conseguir que el mundo fuera un lugar mejor.

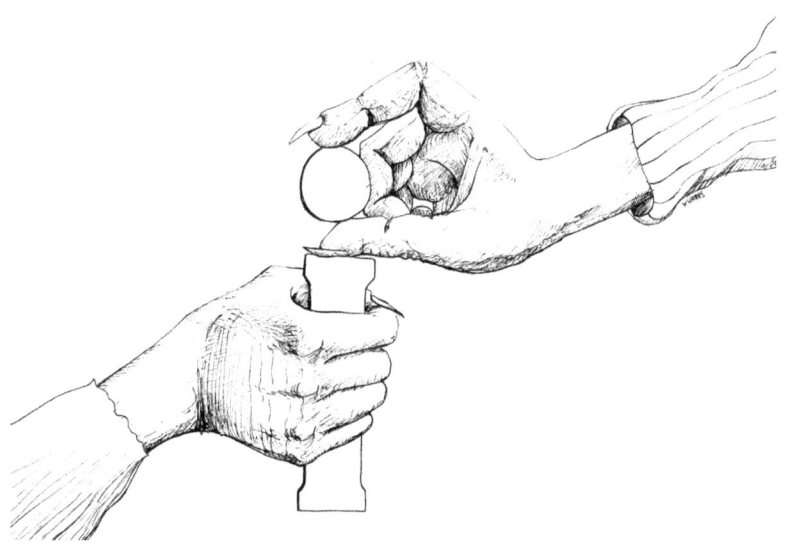

...y cada uno de ellos introdujo su parte...

El dragón vegetariano

A Núria Salán Ballesteros, por seguir llevando dentro de su corazón una niña como Axie, dispuesta a enfrentarse a todo por ayudar a los demás y que se haga justicia.

Érase una vez una pequeña aldea, en la que vivían personas humildes y trabajadoras, que se ganaban la vida con el trabajo del campo, recogiendo la cosecha que sembraban durante todo el año.

En las afueras de la aldea, allá en las montañas, vivía un enorme dragón, pero aun más grande era su corazón, porque él no se comía a nadie, pues era vegetariano, y comía fruta, lechugas, tomates, patatas, maíz... Lo que el dragón quería de verdad era ser amigo de los habitantes de la aldea, porque nunca había tenido un amigo de verdad y eso le producía una gran tristeza.

La gente, como no lo sabía, porque nadie se había preocupado de conocerlo, le tenía mucho miedo, ya que temían que uno de esos días en que el dragón bajaba a la aldea, podía comerse a sus hijos y a ellos mismos. El caso es que, hasta entonces el dragón sólo se había dedicado a coger parte de sus cosechas, y ocasionaba grandes daños a causa de su enorme tamaño, porque generalmente destrozaba la otra parte de la cosecha, la que no se comía, y con ello, la parte que los aldeanos se reservaban para poder vivir.

Así, que los sabios de la aldea decidieron reunirse para tomar una solución. Después de mucho deliberar, el desánimo se apoderó de ellos, ya que no encontraban la solución a su problema. Y en aquellos momentos, entró uno de los campesinos para preguntar qué habían decidido.

- Campesino: *Venerables y sabios ancianos, los habitantes de la aldea estamos nerviosos y deseosos de saber qué solución habéis tomado para este problema que nos tiene a todos atemorizados y desesperados.*

- Anciano Mayor: *Pues podemos decirte que, después de pensar y debatir mucho, hemos llegado a la triste conclusión, de que no hemos encontrado ninguna solución...*

- Campesino: *Pero, ¿cómo es posible, honorables ancianos? Si no habéis encontrado ninguna solución, ¿qué vamos a hacer? ¡Esto no puede continuar así! Cada vez que el dragón baja de las montañas, arrasa con todas nuestras cosechas. En los graneros apenas nos quedan alimentos con los que alimentar a nuestros hijos... Si no hacemos algo, todos empezaremos a morir de hambre, siempre y cuando antes no nos coma el dragón...*

- Anciano Mayor: *Cálmate, muchacho, todos estamos preocupados. Y, la verdad, hasta ahora hemos tenido mucha suerte ya que el dragón sólo se ha comido nuestras cosechas y no a nosotros, que es algo que nos alegra pero que no entendemos...*

- Campesino: *Pues si no encontramos una solución pronto, me temo que empezará a hacerlo...*

En ese momento el anciano más joven, que hasta entonces se había mostrado muy callado y pensativo, dijo:

- Anciano Joven: *Esperad un momento... Mientras hablabais, he estado pensando, y creo haber encontrado la solución.*

- Campesino: *¡Rápido, decid!*

- Anciano Joven: *En un lugar no muy lejano de aquí, hay un gran caballero que da caza a dragones.*

- Campesino: *¡Él podría ser la solución a nuestros problemas!*

- Anciano Mayor: *Y, ¿dónde podremos encontrar a este caballero?*

- Anciano Joven : *En una cabaña, río abajo, vive.*

- Campesino: *¡Pues no perdamos más tiempo! ¡Hemos de ir a buscarlo cuanto antes!*

- Anciano Joven: *Yo conozco el camino. Iremos juntos y lo traeremos a la aldea.*

Así, el Anciano Joven y el Campesino se pusieron en marcha en busca del audaz caballero. Al llegar río abajo encontraron la cabaña y golpearon dos veces en la puerta: "¡Pom, pom!"

- Campesino: *No parece que haya nadie...*

- Anciano Joven: *Probemos una vez más...*

Así lo hicieron: "¡Pom, pom!". Y, de pronto, se oyó una voz fuerte y grave:

- Caballero: *¿Quien osa llamar a mi puerta y perturbar mi descanso?*

- Campesino: *Somos dos habitantes de la aldea de río arriba, Señor...*

En aquel instante, se abrió la puerta y, tras ella, apareció la figura del caballero.

- Caballero: *¿Qué queréis de mi? ¡Más os vale que sea algo importante, para venir a molestarme!*

- Anciano Joven: *Perdonad caballero, sabemos que os dedicáis a dar caza a dragones....*

- Caballero: *¡Por supuesto! ¡No encontrareis en ningún lugar de este mundo, a nadie tan diestro en la caza de dragones como yo!*

El Anciano Joven y el Campesino se alegraron al oír esto, y ya creían haber encontrado la solución a sus problemas... Cuando en realidad, no sabían lo que les esperaba, pues el tal caballero era un caradura de tomo y lomo, que se aprovechaba de los demás y que jamás había cazado un dragón.

- Campesino: *Hablad vos, venerable anciano, que os explicáis mejor que yo.*

- Caballero: *¡Pero hablad rápido, y de una vez, ya que mi tiempo es oro y no puedo perderlo con vosotros!*

El Anciano Joven, que era sabio, ante la reacción del Caballero, empezó a sentir una mosca tras la oreja, y le comentó al Campesino:

- Anciano Joven: *Me parece que este caballero no es tan caballeresco como aparenta...*

- Campesino: *Eso, a nosotros, no debería importarnos, siempre y cuando nos libre del dragón...*

Así, el Anciano Joven y el Campesino explicaron su situación al caballero, con todo lujo de detalles, solicitando su ayuda. En ese momento, el Caballero, con mucha tranquilidad, respondió:

- Caballero: *Bien, bien... He de pensarlo, ya que, como caballero que soy, tengo cosas muy importantes que hacer. Además, si acepto, tendréis que hacer todo lo que yo os diga.*

- Campesino: *¡Decid, decid! ¡Estamos a vuestra entera disposición!*

El Caballero se vio frente a dos hombres desesperados y dispuestos a concederle lo que les pidiese, y vio en la situación una oportunidad para hacer fortuna...

- Caballero: *Aún no he aceptado, pero si así lo hiciera, deberéis obedecerme...*

- Campesino: *Está bien... Vos ordenáis y nosotros obedeceremos.*

- Caballero: *En primer lugar, cazaré al dragón cómo y cuándo yo considere oportuno, y por cada día que pase, además de alojamiento y comida, me daréis diez monedas...*

Al oír las pretensiones del Caballero, el Campesino no pudo contener un grito:

- Campesino: *¿Cómo? ¿Quééé?*

- Anciano Joven: *Creo que nos hemos equivocado de Caballero... No podemos aceptar estas condiciones. Vos queréis aprovecharos de la necesidad de unas pobres gentes...*

Ante la situación, el Caballero se quedó pensativo unos instantes y dijo para su interior:

- Caballero: *Creo que se me ha ido la mano... Por ambicioso voy a perder la oportunidad de conseguir algo con estas personas...*

Mientras, el Campesino llevo al Anciano Joven a un rincón y le dijo al oído:

- Campesino: *Pensad que este Caballero es nuestra única solución. Si él no acaba con el dragón, nuestras vidas y las de nuestros hijos están en peligro...*

Así, el Anciano, tras reflexionar unos instantes, y considerando que era más importante la vida de los habitantes de la aldea que el importe desmesurado que solicitaba el Caballero, aceptó:

- Anciano Joven: *Está bien... Aceptamos...*

Y así, el Caballero, entre un suspiro de alivio y una sonrisa pícara, se dijo a si mismo:

- Caballero: *¡Uf! ¡Menos mal! Estos pueblerinos han picado...*

Y tras el necesario diálogo, el Anciano Joven, el Campesino y el Caballero, emprendieron el camino hacia la aldea, donde todos esperaban con ansiedad y esperanza la llegada del Caballero que les había de salvar del dragón.

Así, cuando vieron llegar al Caballero se le concedió todo lo que pidió. Y cuando empezaron a pasar los días y el caballero no salía en busca del dragón, los habitantes se dirigieron a los Ancianos, y éstos fueron a ver al Caballero.

- Anciano Mayor: *Caballero, hace ya varios días que estáis aquí y todavía no habéis dado caza al dragón...*

- Caballero: *Tened paciencia, que la paciencia es la madre de la ciencia...*

- Anciano Mayor: *No os lo toméis a guasa, pues vuestra presencia aquí nos está dejando las arcas vacías, así que haced algo, y pronto...*

- Anciano Joven: *La verdad es que tenemos dudas acerca de quién es más perjudicial para nosotros, si el dragón o vos mismo...*

Y mientras esto ocurría, el dragón bajó de nuevo a la aldea en busca de alimentos. Y los habitantes, en aquella ocasión, no tuvieron miedo ya que confiaban en que el Caballero acabaría con él. Así, mientras el dragón devoraba verduras y frutas, la gente exclamaba:

- Habitantes: *¡El Caballero! ¿Dónde está el Caballero? ¡Avisadle! ¡Que venga pronto, o el dragón acabará con nuestra cosecha y con nosotros!*

Los Ancianos vieron llegar al Campesino y se dirigieron al Caballero, para reclamarle que cumpliera su cometido:

- Campesino: *¡Caballero, caballero! ¡Salid pronto, que el dragón está en la aldea!*

- Caballero: *¿Y por esa insignificancia me molestáis? Iba a echarme una siesta....*

- Anciano Joven: *Os recuerdo, Caballero, que por esa "insignificancia" como vos la llamáis, es por la que estáis aquí, por la misma que os estáis dando una buena vida... Así que coged vuestra espada y cumplid con vuestra obligación.*

Y mientras los Ancianos y el Campesino discutían con el Caballero, el dragón acabó con su buena ración de verduras y regresó a la montaña.

- Campesino: *Una vez más, el dragón se ha ido y no hemos podido hacer nada para evitar el desastre.*

...Y así, fueron saliendo los tres niños...

- Caballero: *Lástima, ahora que le iba a dar una lección a ese dragón...*

- Campesino: *Sí, claro, claro...*

- Caballero: *¿Qué insinuáis? Si no me hubierais entretenido, a estas horas el dragón ya hubiera caído bajo el filo de mi espada...*

- Anciano Mayor: *O vos en sus garras... ¡Salid rápidamente en su búsqueda!*

- Caballero: *No, no puedo hacerlo.*

- Anciano Mayor: *¿Cómo os atrevéis a decir eso?*

- Caballero: *Yo me atrevo a eso y a mucho más...*

- Campesino: *No, si ya lo estamos viendo...*

- Caballero: *Será mejor esperar a que vuelva, porque si voy en su busca, estaré entrando en su terreno, y eso sería como meterme en la boca del lobo...*

- Anciano Joven: *Y mientras esperáis, vivís a cuerpo de rey, ¿no?*

- Caballero: *¿Acaso tenéis alguna queja de mí?*

- Campesino: *¡Nooooo! ¡Qué va...!*

- Caballero: *Quedaos tranquilos. Mientras esperamos a que vuelva, prepararé una trampa para darle caza...*

- Anciano Mayor: *Está bien... Os vamos a dar una segunda oportunidad. Pero no falléis esta vez...*

Mientras las aguas vuelven a su cauce en la aldea, dos niños, Heleon y Panterix, y una niña, Axie, entre el temor y la curiosidad que les produce el dragón, salen hacia la montaña, en su búsqueda. Desplazándose entre las rocas, llegan hasta la guarida del dragón. Heleon, alerta al resto en voz baja...

- Heleon: *¡Mirad! ¡Allí esta! ¡Qué miedo me da!*

Panterix, se las da de valiente ante Heleon y Axie:

- Panterix: *¡No seas cobarde, Heleon! ¡Mírame! ¡A mí no me da ningún miedo!*

Mientras los niños observaban al dragón, éste, que estaba dando buena cuenta de los alimentos que trajo de la aldea, emitió un eructo y Panterix, del susto, se cayó de culo y empezó a temblar.

- Axie: *¡Menudo valiente! ¡El que no tenía miedo!*

- Panterix: *No es eso... He resbalado y me he caído...*

- Heleon: *Callad ya, que nos puede oír el dragón...*

Panterix, al levantarse, apoyó una mano en un montón de pedruscos, con la mala suerte que derribó uno, haciendo suficiente ruido como para alertar al dragón...

- Dragón: *¿Quien anda ahí? ¡Que salga ahora mismo o lo frío a la parrilla con mi fuego!*

- Panterix: *¡Vámonos corriendo, antes que nos pille!*

- Axie: *Sí, vámonos, Panterix tiene razón...*

- Heleon: *Sí, sí, lo mejor será poner pies en polvorosa... ¡Eh! ¡Un momento¡ ¿Habéis oído?*

- Axie: *¿Oír qué?*

- Heleon: *¡Pues que el dragón habla!*

- Panterix: *Si, ya... ¿Y no has oído lo que ha dicho? ¡Que va a hacer una parrillada con nosotros!*

- Dragón: *¡No voy a repetirlo otra vez! ¿Quién anda ahí?*

- Axie: *¡No tenemos escapatoria! ¡Tendremos que salir!*

- Panterix: *¿Qué quieres? ¿Que nos convierta en un pincho?*

- Heleon: *Axie tiene razón... No tenemos escapatoria...*

- Panterix: *¿Qué dices?*

- Heleon: *Un dragón que habla no puede ser tan malo... Además, con el tiempo que llevamos aquí discutiendo, si hubiera querido comernos, ya lo hubiera hecho.*

- Panterix: *Bueno, como queráis, pero id vosotros delante y así, yo, os cuido las espaldas...*

- Axie: *¡Dragón! ¡Ya salimos! ¡No nos hagas daño!*

- Dragón: *Si salís, no os haré nada. Yo no quiero haceros ningún mal...*

Y así, fueron saliendo los tres niños, con Axie en primer lugar, con paso temeroso pero firme, llevada por la curiosidad de conocer al dragón.

- Dragón: *¿Quién eres tú, que te atreves a entrar en mis dominios?*

- Axie: *Yo soy Axie, y estos son mis amigos, Heleon y Panterix. Y tú, ¿cómo te llamas?*

- Dragón: *¿Quién yo? Pues dragón, supongo, siempre me han llamado así, nunca nadie me ha puesto otro nombre... ¿Qué habéis venido a hacer aquí?*

- Panterix: *¡Eso mismo me pregunto yo! Así, será mejor que nos vayamos antes de que se enfade y nos coma...*

- Heleon: *Hemos venido a conocer al temible dragón, que tan asustada tiene a la población de la aldea...*

Dragón: ¿Temible yo? Pero si sólo soy un dragón indefenso y solitario, que no tiene amigos, y eso llena de pena mi corazón...

Entonces, el Dragón explicó a los niños cómo había vivido muchos, muchos años solo, sin nadie con quien compartir juegos ni emociones, sin nadie a quien explicar lo que sentía ni sus temores, porque los Dragones también tenían sus temores. Y a medida que el Dragón hablaba, los niños se iban acercando a él y se sentían más próximos de aquel enorme y extraño ser, con un corazón tan enorme y tan extraño como su cuerpo... Y les explicó que nunca había comido nada más que verduras y frutas, que no podía soportar la idea de comerse un ser vivo. Y también les dijo que lamentaba mucho haber estropeado los cultivos a su paso, cuando iba a buscar comida, y mientras les decía eso, lágrimas de fuego rodaban por sus ásperas mejillas...

- Axie*: Si quieres, nosotros podríamos ser tus amigos...*

- Dragón*: ¿De verdad? ¿Queréis ser mis amigos?*

- Heleon*: ¡Pues claro que sí! ¿Verdad, Panterix?*

- Panterix*: Hombre, yo... Pues si tú lo dices...*

- Axie*: ¡Podríamos ponerte un nombre!*

- Heleon*: ¿Qué te parece Akran, el amigo de los niños?*

- Dragón*: Akran, el amigo de los niños... ¡Me gusta, me gusta! Tener amigos hace que mi corazón ya no esté triste, y se llene de alegría...*

Mientras tanto, Panterix que ya le había perdido el miedo al dragón propuso:

- Panterix*: ¡Podríamos venir aquí a jugar todos los días!*

- Dragón*: Pero, decidme , ¿Por qué la gente de la aldea me tiene miedo y han llamado a un caballero para que me de caza?*

- Axie*: Te tienen miedo porque no te conocen como nosotros, y temen que vayas a comértelos...*

- Akran*: ¡Pero si yo no me como a las personas! ¡Soy ve- getariano! Sólo como frutas y verduras...*

- Panterix*: Ya... Y eso también es un problema...*

- Akran*: ¿Qué quieres decir?*

- Heleon*: Que cuando tú bajas a la aldea, te comes nuestras frutas y verduras...*

- Axie*: ...y luego no nos queda suficiente para comer nosotros.*

- Akran*: Vaya, no me había dado cuenta de ello... Os prometo que, a partir de ahora, no lo volveré a hacer más.*

- Axie*: Pero, entonces ¿qué comerás tú?*

- Panterix: *Si no comes te morirás, y vaya para una vez que tengo un dragón amigo, se va a morir...*

- Heleon: *¡Tengo la solución! Podríamos compartir nuestra comida con nuestro amigo.*

- Panterix: *Así, cada vez que vengamos a jugar aquí con él, le traeremos su parte.*

- Axie: *Pero, ¿cómo se lo vamos a decir a la gente de la aldea?*

- Heleon: *Tranquilos, que yo se lo contare todo...*

- Akran: *¿Haríais eso por mí?*

- Panterix: *¡Claro que si! Por algo eres nuestro amigo...*

- Axie: *Ahora será mejor que nos vayamos, que es ya muy tarde y nos estarán buscando.*

Así los tres niños dándole un fuerte abrazo a su nuevo amigo Akran se despidieron de él.

Mientras tanto, en la aldea, ya se habían alertado por la ausencia de los niños.

- Anciano Joven: *Todo el mundo está buscando por todas partes y no los encuentra...*

- Anciano Mayor: *Esto empieza a preocuparme... Está empezando a anochecer y los niños sin aparecer...*

- Campesino: *¡Ya vienen! ¡Ya están aquí!*

- Anciano Mayor: *¡Dichosos niños! ¡Por fin aparecen!*

- Campesino: *¿Dónde os habíais metido? ¡Estábamos muy preocupados por vosotros!*

- Panterix: *¡Hemos estado viviendo una gran aventura!*

- Campesino: *Una gran aventura... ¡Os voy a dar yo aventuras! ¡Vamos! Cada uno a su casa que vuestros padres están muy preocupados.*

- Axie: *Sí, sí. Pero antes tenemos que contaros una cosa...*

- Anciano Joven: *¡Ya lo creo que tenéis cosas que contarnos!*

- Heleon: *Pues que hemos ido a la montaña, a ver al dragón...*

- Campesino: *¿Qué locura es esa de que habéis ido ver al dragón?*

- Axie: *¡Es cierto! ¡Y el dragón es amigo nuestro!*

- Anciano Joven: *Pero... ¿Qué tonterías son esas?*

- Panterix: *¡Que sí! ¡Que sí! ¡Que es nuestro amigo!*

- Heleon: *Hemos llegado a un acuerdo... Él no vendrá más a buscar comida a nuestros campos, porque seremos nosotros quien se la llevaremos...*

- Anciano Joven, Anciano Viejo y Campesino: *¿Cóoomooo?*

- Heleon: *Sí, le llevaremos lo que nos sobre. Con esto, él estará satisfecho y nosotros tranquilos. Y no se destruirá nada sin necesidad...*

- Campesino: *Pero, ¿Cómo sabéis que eso va a ser así?*

- Axie: *¡Porque el dragón nos lo ha prometido!*

- Anciano Mayor: *Pero niña, ¿Cómo lo va a prometer, si los dragones no hablan?*

- Panterix: *¡Que sí! ¡Que el dragón Akran, que es nuestro amigo, habla!*

- Anciano Joven: *Un dragón que es vuestro amigo, y que habla... ¡Dejaos ya de fantasías!*

- Campesino: *¡Como si no tuviéramos suficientes problemas con el caballero este, que nos está dejando en la ruina!*

- Heleon: *¡Por favor! ¡Escuchadnos! El dragón nos puede ayudar...*

- Anciano Mayor: *¡Se acabó! ¡Ya basta de tonterías! Todos a dormir, que el día ha sido duro, y no queremos enfadarnos más...*

Así, los niños se fueron a sus casas a dormir, pero quedaron en que, a la mañana siguiente, irían a ver a su amigo Akran, el Dragón. Y, al salir el sol, los tres niños se encontraron y se dirigieron a la cueva del dragón.

- Panterix: *¡Akran! ¡Akran! ¿Dónde estás?*

- Axie: *¡Hemos venido a jugar contigo!*

- Dragón: *¡Qué alegría! ¡Cómo me alegro de que hayáis venido a verme!*

- Heleon: *Sí, y queremos contarte que tenemos un problema, porque la gente de la aldea no cree que seas bueno ni tampoco que seas nuestro amigo...*

- Axie: *Además, ahora están muy preocupados y enfadados por culpa del Caballero que hay en la aldea...*

- Panterix:*¡Es el Caballero que trajeron para que te diera caza!*

- Heleon: *Es cierto, pero ahora resulta que el tal Caballero es un granuja que se está aprovechando de todos nosotros...*

- Axie: *Y nos da pena, porque ya hemos tenido muchas pérdidas, y los habitantes no se merecen este engaño.*

- Akran: *Aunque me disgusta que hayan traído a este Caballero para que me diera caza, yo ayudaré a la gente de la aldea y os libraré de él.*

- Axie: *¿De verdad, Akran?*

- Akran: *¡Claro que sí!*

- Panterix: *¿Y por qué harías eso por la gente de la aldea?*

- Akran: *Porque vosotros sois de la aldea, y sois mis amigos. Y yo daría mi vida y mi corazón por ayudar a mis amigos e impedir que nadie les hiciera daño. Por eso...*

- Heleon: *¡Bravo Akran! ¡Así le demostraremos a la gente que no mentíamos! ¡Y que eres bueno, y nuestro amigo!*

Y así, el Dragón y los tres niños se dirigieron a la aldea para enfrentarse al caballero. Y cuando estaban llegando, se oyó un grito de alerta:

- Campesino: *¡El Dragón! ¡El Dragón!*

- Anciano Joven: *Pero... ¿Qué hacen los niños? ¡Están junto a él!*

- Campesino: *¡Se los va a comer!*

- Anciano Mayor: *¡Rápido! ¡Buscad al Caballero!*

Y el Caballero que estaba viendo la escena desde su ventana, intentó escapar por la puerta de atrás, pero en ese instante entraron el Campesino y el Anciano Joven.

- Anciano Joven: *¡Caballero! Ha llegado vuestro momento. ¡El Dragón está aquí!*

- Caballero: *Bueno, bueno... No nos apresuremos... Esperadme fuera, que ahora salgo y con mi espada daré buena cuenta de él.*

- Campesino: *¡No podemos esperar!¡Se va a comer a los niños! ¡Vamos!*

Así que, entre el campesino y el anciano, sacaron al Caballero de la casa a empujones... Y lo dejaron frente al Dragón...

- Caballero: *¡Soltadme! ¡Soltadme! ¡Que me lo cargo!*

- Campesino: *Pero si nadie os sujeta...*

- Caballero: *¡Ah! Bueno...*

El Dragón miraba fijamente, con sus ojos de fuego, a los ojos del Caballero. Y éste empezó a temblar. Tanto temblaba que se le cayó la espada de las manos. Y entonces, se dio media vuelta y arrancó a correr...

- Caballero: *¡Pies, para qué os quiero!*

Y el Caballero corría dejando un rastro de polvo tras de sí, marchándose por fin de la aldea. Pero con las prisas, se había dejado todas sus cosas en la casa, y entre ellas, las monedas que, día a día, le habían ido dando los Ancianos, como pago a "su trabajo"...

- Campesino: *¡Bueno! ¡Ya no tenemos Caballero! Y ahora, ¿qué vamos a hacer?*

- Heleon: *No tengáis miedo, ya os dijimos que el Dragón es nuestro amigo y no va a hacernos ningún daño.*

- Anciano Mayor: *No sé si será nuestro amigo, pero de momento, se ha de reconocer que, gracias a él, nos hemos librado por fin de ese Caballero que nos estaba llevando a la ruina...*

- Akran: *Señores, permítanme que me presente... Soy Akran, el Dragón amigo de los niños.*

- Anciano Joven: *¡Es cierto! ¡El Dragón habla! Los niños estaban en lo cierto...*

- Anciano Mayor: *Dragón...Akran, estamos en deuda contigo. ¿Qué podemos hacer para recompensarte?*

- Dragón: *No os pido nada, no necesito nada, sólo quiero, en pago, vuestra amistad. Es lo único que deseo y necesito.*

Y desde aquel día, Akran y la gente de la aldea vivieron en armonía y felicidad. Nadie tuvo nunca ningún problema con el Dragón, ya que todos, de buen grado, le guardaban una pequeña parte de su cosecha para que Akran pudiera vivir. A cambio, el Dragón los protegió siempre de cualquier mal y por fin fue feliz, porque tuvo muchos amigos y nunca más se sintió solo.

Y es que no es bueno fiarse sólo de las apariencias. Es preciso conocer el interior de los demás, para saber cómo son en realidad...

Recuerdo

A los chicos y chicas de la escuela Benviure, por el recuerdo de esas tardes inolvidables, llenas de fantasía, magia, sueños e ilusión, que envolvían el cariño que salía de lo más profundo del corazón.

Las paredes de la escuela ven pasar el tiempo, y sus rincones, llenos de emociones, desprenden el aroma de las ilusiones y de los sentimientos.

Igual que la brisa del mar llena de esperanza los corazones, yo quiero que llenéis vuestros cuadernos con vuestras pinturas, vuestros juegos y vuestra alegría.

Chicos y chicas, cogidos de las manos, iluminan el sol, hacen que las estrellas brillen, y a la luz de la luna sueñan con un mundo mejor.

Yo, que un día por vuestra puerta entré, cuando por ella tenga que salir, llevaré mi mochila cargada de fantasía y risas, colmada de ese cariño que me supisteis dar.

A todos vosotros, que tanto me habéis dado y enseñado lo que un día olvidé, os entrego mi amistad, para que perdure en el tiempo, ya que jamás os he de olvidar.

Al mar

*Dedicado al mar, o a la mar, que, a la vez, tanto
temor y paz me ha llegado a dar.*

Sube, sube, mar, cuando la brisa de la mañana rompe tus olas, y las gaviotas ondean en las oleadas de tu respirar.

¡Ay, mar! ¡Cuánta calma y tempestad, cuando el faro escucha estremecer tu soledad!

Sube, mar, sube sin cesar, tú que navegas arropado por el viento hacia la libertad.

Sube, sube, mar, para que el marino sienta el orgullo de navegar, y la paz de la tierra cuando a buen puerto le hagas anclar.

Sube, sube, mar, tú que acaricias el agua salada, pero qué dulce sabe cuando con ella consigues soñar.

Sube, sube, mar, porque al mirarte de frente, mis sueños parecen hacerse realidad.

Sube, mar, sube, porque la Virgen del Carmen vigila tu hondo mirar, ese que brilla durante el día y durante la oscuridad, ya que no hay color más bello que la mirada de la mar.

Sube, sube, mar, tú que tanto me regalas abrazos de esperanza, como ahondas en mi pesar.

Sube, sube, mar, que de la misma forma que te clavas en mis entrañas, también das calor a mi hogar.

Sube, sube, mar, porque contra vientos y mareas, jamás te he de olvidar.

¡Ay, mar! ¡Mi mar! A ti, que tanto he llegado a amar...

La naturaleza

Miro al cielo y al horizonte, llenos de esplendor, y contemplo con admiración todo lo bello que hay a mí alrededor.

Ya que, quizás un día, tengamos que lamentar cómo se apaga la Aurora Boreal.

Que los árboles dejen de respirar, y los ríos y mares pierdan toda su belleza en medio de una intensa mancha de suciedad.

Que los montes y bosques aparezcan calcinados y desérticos, envueltos en un manto de desolación y soledad.

Y un grito saldrá de las entrañas de la tierra, al sentir como se la golpea sin compasión, con total crueldad.

¿Por qué será que para atrevernos a abrir la puerta, y que pase por ella la bondad, tenga que picar antes la maldad?

El dolor

Amo tu bella sonrisa y la mirada de tus ojos, embriagados de dulzura, que se clavan en mi corazón.

Beso tus labios, rojos de sensual pasión, que desprenden la amargura de tanto sinsabor.

Sueños rotos, tardes y noches de decepción, almas desgarradas, almas envenenadas, porque no encuentran la ilusión.

Tu corazón suelta llantos, reclamando su libertad para encontrar el amor, y yo busco en el mío el antídoto ante tanto desamor.

Y te pido perdón por no comprender tu dolor.

Querida humanidad

Los seres humanos nos quejamos cuando una injusticia nos perjudica. Pero cuando no nos afecta o, incluso nos beneficia, entonces solemos mirar hacia otro lado, como si aquí no pasase nada.

¿Nos comportamos como seres humanos, o no? Sí, aunque, a veces, con los sentimientos y las emociones más positivas y, en otras ocasiones, con las más negativas.

No exijas a nadie que sea lo que tú quieras. Estarás encerrándolo en una jaula de dolor, en la que acabará muriendo de pena, por lo que pudo haber sido y no fue.

No eres ni más ni menos que nadie, no eres el centro del universo, pero formas parte de él, y por ello, no dejes que nadie te excluya.

Tengo frío en el alma y necesito calor para reconfortarla, pero huyo de él porque tengo miedo a quemarme.

La vida es inmensa, maravillosa y hermosa como una rosa. Y aunque a veces lleve espinas, eso no es un obstáculo para que podamos disfrutar de su olor...

La decisión de Jacinto

Jacinto era un humilde muchacho que vivía en una pequeña y humilde aldea, alejada del ajetreo de la ciudad. Jacinto pasaba todas las tardes cuidando de una pequeña huerta que tenía cerca de su casa. Esta huerta era su alegría y la de todos sus vecinos, ya que además de los productos que daba, pasaban allí buena parte de su tiempo, conversando de sus penas y satisfacciones.

Jacinto era muy soñador e imaginativo, por lo que mientras cuidaba de su huerta y cuando sus contertulios le dejaban un tiempo libre, lo dedicaba a escribir mil y una aventuras, bajo la sombra de una de las higueras de su huerta.

Un día, un viajero que pasaba por la aldea, fue invitado a una de esas tertulias que se organizaban en la huerta. Una vez allí, leyó una de las aventuras de Jacinto y quedó asombrado de la fantasía e imaginación que el muchacho tenía. Le propuso dar a conocer al mundo entero sus historias, ya que el viajero, que era editor, se encargaría de publicarlas. Jacinto, entusiasmado por la oferta del editor, aceptó su propuesta.

Al salir a la luz las aventuras de Jacinto, se produjo un hecho inesperado, ya que se batieron récords de ventas. De la noche a la mañana, Jacinto pasó de ser un humilde muchacho, sólo conocido en su aldea, a ser el centro de atención de todo el mundo. Así, su fama traspasó todas las fronteras, fue recibido por los más importantes jefes de estado, no había fiesta de la "jet-set" a la que no fuese invitado, se lo rifaban las "top-model" del momento, y todos querían una fotografía de Jacinto dedicada por él.

Pero, a pesar de todo eso, Jacinto no era feliz en su nueva vida, ya que se daba cuenta de que ésta pasaba en un mundo aparente y falso, donde un día podías estar en la cima pero al día siguiente podías estar hundido; donde los que hoy se decían tus amigos, mañana te podían dar la espalda. Por eso, cada día añoraba más su pequeña pero acogedora huerta, en la que conversaba con sus amigos, esos que son de verdad, los que siempre están a tu lado, tanto en los buenos, como en los malos momentos; allí donde, bajo la sombra de la higuera, escribía sus historias.

¡Quién le iba a decir a él que lo que más le gustaba, que era escribir, le iba a cambiar tanto la vida!

El tiempo iba pasando, y la fama de Jacinto iba creciendo día a día. Su imagen aparecía por todas partes, en camisetas, gorras, vasos, platos y demás objetos que se pudiesen imaginar. ¡Se había producido el fenómeno de la "Jacintomanía"! Pero él seguía sin ser feliz.

Y entonces tomó una decisión: abandonaría ese mundo de fama y volvería a su aldea. Una vez en su casa, y lejos de aquel mundo que le había hecho tan infeliz, ya no era recibido por los jefes de estado, ni invitado a las fiestas de la "jet-set" y las "top-model" ya no querían saber nada de él.

Pero allí, en su pequeña huerta, con sus amigos de verdad, Jacinto volvió a ser feliz.

Superando barreras

Esta historia sucede en el pueblo de San Quintín de los Cielos, que cada quien se puede imaginar a su gusto, se prepara para llevar a cabo la obra de teatro "Vida y Pasión de Jesús", que se ha de representar el día 24 de Diciembre a las 6 de la tarde, en los jardines de la Iglesia de San Benedictino de los Desamparados.

Desde hace un tiempo, un grupo de vecinos preparan el vestuario y los decorados, pero sólo falta un mes para la representación y ha llegado el momento en que todos los participantes de la obra se reúnan para decidir qué personaje representará cada uno de ellos y empezar con los ensayos.

La convivencia entre ellos no será nada fácil... Van surgiendo conflictos, por las diferencias de carácter, de forma de pensar y entre sus propios intereses, pero todos están dispuestos a superarlos con tal de llevar a buen puerto la obra y dejar en buen lugar el nombre del pueblo.

En esta historia, los habitantes del pueblo irán apareciendo con más o menos frecuencia e intensidad, aunque no por ello serán unos más o menos importantes que otros, ya que todo ser humano, sea cual sea su condición, clase social, raza, religión, orientación sexual o forma de pensar, debe ser tratado y amado por igual, sin ningún tipo de discriminación.

Cada habitante del pueblo tiene sus características y, a continuación, os voy a describir, mínimamente, algunas de ellas. Sin embargo, espero que sea vuestra imaginación quien, después, acabe de pulir los detalles.

Personajes

Matías

El alcalde, de cincuenta y tantos años, calvo y con un bigote frondoso, entre negro y canoso, de pequeña estatura, algo entrado en kilos, suele vestir con camisa blanca de rayas, chaqueta y pantalones negros. Normalmente no lleva corbata, salvo en determinados casos, como para ir a misa, o a los plenos que se celebran en el Ayuntamiento. Tiene la costumbre de limpiar sus zapatos cada noche, antes de irse a dormir, para que al día siguiente estén limpios.

Severiano

El maestro de la escuela, de treinta y dos años, más liberal que los antiguos maestros y nada partidario de que "la letra con sangre entra", sino más bien de que "no hay nada mejor que el diálogo". Alto y delgado, con aspecto de deportista, viste informalmente y lleva el pelo corto, tirando a rubio oscuro.

Victoriano

El carnicero, no se calla lo que piensa, cosa que le causa bastantes problemas a título personal y, sobre todo, en la carnicería que regenta. Afortunadamente para él, es la única que hay en el pueblo, y la más cercana está en la ciudad, a varios kilómetros. Además, la gente ya lo conoce y está acostumbrada a él.

Rosalía

Muy guapa mujer de veinticuatro años, morena, con ojos azules y un cuerpo despampanante. Es la panadera y las mujeres del pueblo creen que cuando los hombres se prestan a ir a comprar pan, es para verla de cerca. Es una mujer inteligente y muy emprendedora. De hecho, de ella surgió la idea de hacer la obra de teatro en el pueblo. La gente cree que entre ella y Severiano hay algo, porque congenian muy bien.

María

Mujer dulce, tierna y dispuesta siempre a ayudar a cualquiera que se lo pida, con una paciencia a prueba de todo. Tiene treinta y un años, está casada con Federico y tienen dos hijos, de seis y ocho años, dos auténticos demonios que cada día ponen a prueba su enorme paciencia. Es la farmacéutica del pueblo.

Federico

Hombre atlético, de treinta y nueve años. Siempre que puede, queda con Severiano para hacer *footing*. Es el médico del pueblo y, a pesar de que siempre aconseja a sus pacientes que dejen de fumar, él siempre acaba fumándose algún que otro cigarrillo, aunque está intentando dejarlo, ya que últimamente le cuesta mantener el ritmo de Severiano. Es muy apreciado por sus vecinos, por lo amable y atento que es, tanto en su consulta como en el trato cotidiano, aunque a veces saca el genio para controlar a sus hijos, los dos diablillos que tiene con María, normalmente no lo consigue.

Ataúlfo

El herrero de cincuenta y cuatro años, hombre de tamaño descomunal, con casi 2 metros de altura y 128 kilos de peso. Con unos niveles nada aconsejables de colesterol, no hace caso de los consejos de Federico acerca del régimen y el de deporte. Para él, el único deporte que existe, es apoyarse en la barra del bar. Es el más bruto del pueblo, dice las cosas tal y como las siente, sin pensárselo dos veces, igual que Victoriano. Por eso, cuando se encuentran en el bar, se fragua un cóctel explosivo, porque ambos están siempre convencidos de tener la razón. Es la única persona que ha conseguido poner firmes a los hijos de Federico y María, por eso le tienen guardado un papel sorpresa en la obra. Sin embargo, a pesar de su aspecto y su comportamiento, todos saben que tiene un buen corazón.

Mercedes

Joven de dieciocho años, madre soltera de un niño de diez meses. Rubia y delgada, vive con Ángela desde que llegó al pueblo, hace poco más de un año. Introvertida y celosa de su intimidad, poco a poco va abriendo su corazón a sus vecinos para ganarse su amistad.

Jesús

El hijo de Mercedes, tiene diez meses y poco se puede decir de un niño de esa edad... Rubito, de ojos grandes con los que capta todo aquello que va siendo nuevo para él. Y, naturalmente, tiene mucho trabajo porque tiene todo un mundo que descubrir.

David

Joven de veinticuatro años que padece una enfermedad mental desde los dieciocho, entre la esquizofrenia y la depresión, agravada por la desilusión de algunos desengaños amorosos ya que, desde niño, ha sido un gran soñador y siempre ha estado enamorado pero nunca ha sido correspondido. Los sucesivos choques con la realidad fueron causando un profundo dolor en su corazón, con lo que, poco a poco, se fue recluyendo en sí mismo, separándose de los demás. Paso cuatro años ingresado en un hospital, hasta que hace dos, se vino a vivir al pueblo y se hospeda en la pensión de doña Ángela, donde ha hecho una gran amistad con Mercedes. Opina que no es muy alto ni muy guapo, y que quizás no sea muy inteligente. Pero aunque él piense de esta manera, no es así, ya que en su interior posee, como ser humano, una gran capacidad para ofrecer amor a los demás, como lo demuestra cada día con la amistad que le une a Mercedes.

Vicente

Es el párroco del pueblo, sexagenario, no es el clásico cura conservador y sus ideas acerca de que la Iglesia no puede vivir de espaldas al pueblo y de que a las mujeres se les ha de reconocer su capacidad para realizar cualquier labor, incluso dentro de la Iglesia, le han llevado a recibir algunas represalias de sus superiores. Siempre está dispuesto a ayudar al más necesitado, sin importar las consecuencias que puedan acarrearle sus actos de solidaridad.

Luis

Es el jefe de la policía local. Regordete, calvo y con un gran bigote, está cerca de la jubilación, a la que se resiste, y con el paso de los años se ha vuelto menos intransigente con el cumplimiento de la ley, como las multas de trafico.

Carrasco

El agente de la policía local, recién salido de la academia. Llegó al pueblo hace poco tiempo y para él, el cumplimiento de la ley es lo primero, porque "sin ley no hay orden" y está dispuesto a hacer que se cumpla a rajatabla. Alto, moreno, fuerte y de ojos verdes, es el principal motivo de suspiros para las mozas del pueblo.

Josefina

En sus años jóvenes fue modelo en la ciudad, pero como eso no dura para siempre, con el paso del tiempo perdió la silueta necesaria para el oficio y se acabo inclinando por su verdadera vocación, la de corte y confección.

Pepita

Mujer de carácter fuerte, sin pelos en la lengua, separada y madre de un hijo que le causa mil y un problemas, está desilusionada con los hombres y no ha pensado en rehacer su vida.

Carmen

Mujer hermosa, morena y de ojos negros, vino a vivir al pueblo hace unos años con Rosa. Cuando llegaron, todo el mundo pensó que eran dos amigas y fueron muy bien recibidas, pero al hacerse pública su homosexualidad, empezaron a ser miradas de otra manera.

Rosa

Compañera sentimental de Carmen, también hermosa, morena, de ojos verdes y regordeta. Lucha por su amor por Carmen y por la adopción de una niña. Hace muchos meses que está esperando la resolución de los trámites para ir a China y traerse a su pequeña.

Ángela

Mujer octogenaria, viuda, que a veces no entiende algunas cosas, pero que intenta demostrar que una persona mayor no es una persona acabada, si no que, por el contrario, tiene mucho que aportar.

Pepe

Trabaja de carpintero, es un hombre un poco introvertido, a quien le cuesta hacer amigos, pero es muy apreciado en el pueblo.

Evaristo

El pastelero del pueblo, siempre dispuesto a todo. Cuando Rosalía propuso la idea de hacer una obra de teatro, él fue el primero en apuntarse, y su entusiasmo se contagió entre sus vecinos. Pese a su oficio, no es nada goloso, ¿o quizás?...

Patricia

Dependienta del Supermercado, es un tanto quisquillosa, muy crítica con todo y temerosa de que todo pueda salir mal. Sin embargo, nunca desfallece y pone todo de su parte para que, lo que sea, salga bien.

Feliciano

Es el camarero del bar de doña Clotilde, muy servicial, y siempre le da la razón a su dueña.

Clotilde

Dueña del bar, debe andar por los cincuenta, aunque ella siempre oculta su edad. Mujer muy coqueta, pendiente a menudo del régimen y del ejercicio para perder el peso que le sobra, pero sin obsesionarse. Mujer emprendedora y sin complejos.

Antonio

Invidente desde hace un par de años a raíz de un accidente de moto que le pudo costar la vida, ya que no llevaba casco. Al principio, enfrentarse a su nueva realidad fue muy duro para él, pero ahora no está dispuesto a que esta circunstancia le impida vivir la vida.

León

Perro pastor alemán. Se podrían decir tantas cosas sobre él...

Musa

Soy el personaje que relata esta historia ¿Qué queréis que os diga de mí? Pues nada, eso es algo que os corresponde a vosotros...

Desarrollo

Musa: Hacia las nueve menos diez de una fría noche de un 24 de Noviembre, llega el alcalde, Don Matías, con las llaves del local, ya que los vecinos participantes en la obra que van a llevar a cabo, han quedado a las nueve en punto.

Se reúnen en el local del pueblo, llamado Hipólito Suárez en honor al anterior profesor de la escuela, que tiene en la entrada una placa de la conmemoración con el nombre del homenajeado. Tras la puerta, se encuentra una amplia sala con cuatro mesas y varias sillas, con lámparas en cada una de las paredes y en el techo y con paredes de color blanco y suelo de baldosas grises con dibujos de triángulos y cuadrados de diferentes tamaños y colores. En una de las esquinas destaca una chimenea, preparada, con sus troncos de madera, para calentar las sesiones en invierno. Y para combatir el calor del verano, hay dos ventiladores colgados en las paredes de entrada y del fondo.

Don Matías coloca la llave en la cerradura de la puerta, pintada de color verde esperanza, como la esperanza e ilusión que todo el pueblo tiene puestas en lo que allí va a acontecer, y comprueba que ésta no se abre. Insiste de nuevo, pero con el mismo resultado.

- Matías*: ¡Maldita llave! ¿Por qué no abre?*

Musa: En esto que llega Ataúlfo el herrero.

- Ataúlfo*: ¡Hola Matías! ¿Estamos sólo nosotros dos?*

- Matías*: Por el momento, sí...*

- Ataúlfo: *Bueno, ya irán llegando, todavía faltan cinco minutos.*

- Matías: *Pues sí...*

- Ataúlfo: *Podrías ir abriendo, para encender la chimenea y que se vaya calentando el local.*

- Matías: *Eso es lo que intento desde hace un rato, pero no hay manera.*

- Ataúlfo: *Anda, déjame a mí...*

Musa: *Matías vuelve a mirar la llave y...*

- Matías: *¡Pero si esta es la llave de mi casa! ¡Cómo iba a abrir!*

Musa: *En este momento, llegan Federico, el médico; María, la farmacéutica, y Severiano, el maestro.*

- María: *¡Buenas y frías noches!*

- Severiano: *¿Qué pasa que no abrís la puerta?*

- Ataúlfo: *Aquí, Matías, que ha perdido la llave...*

- Matías: *¡Qué voy a perderla!*

Musa: *Y tras mirar en el bolsillo de atrás del pantalón...*

- Matías: *¡Menos mal! ¿Por fin la encontré!*

- Severiano: *Un día perderás la cabeza...*

- María: *Eso seguro que le pasa por haberse tomado alguna copa de más en el bar de Clotilde...*

- Federico: *Pero mira que te tengo dicho, que nada de alcohol...*

- Matías: *¡Pero si sólo ha sido una copita de nada! Para calentar el cuerpo... Además, si Feliciano sólo te llena la copa hasta la mitad ¡Menudo granuja está hecho! ¡Cómo mira por el negocio!*

- Federico: *Sí, sí, pero luego me vienes a la consulta, que si me duele esto, que si me duele aquello...*

- Ataúlfo: *¡Venga, venga! ¡Dejad la charla para luego y que abra de una vez, que si no, aquí sí que nos va a doler todo, con este frío que hace!*

> *Musa: Y, por fin, Matías consigue abrir la puerta. Entre la oscuridad de la calle aparecen las figuras del padre Vicente y de Victoriano, el carnicero, que lleva un paquete de madera para calentar el recinto.*

- Victoriano: *¡Matías! A ver cuándo arreglas las luces de las calles, que ya está bien...*

- Ataúlfo: *¡Eso, eso! ¡A ver qué haces con los impuestos que pagamos todos los contribuyentes!*

- Matías: *¡Anda! ¡No me deis la tabarra ahora con esto, que en este pueblo lo tengo que hacer todo yo!*

> *Musa: Por la puerta van entrando Rosalía, Luis, y Carrasco, que oyen el comentario de Matías, mientras el párroco y Victoriano encienden la chimenea para ir entrando en calor.*

- Luis: *¡Ya será menos! Además, para algo eres el Alcalde...*

- Matías: *Desde luego, voy a acordarme toda mi vida del día en que se me ocurrió presentarme para Alcalde...*

- Rosalía: *¿Todavía falta gente por llegar?*

- Vicente: *Si. Clotilde y Feliciano estaban cerrando el bar cuando Victoriano y yo hemos pasado por delante. No tardaran mucho...*

- Rosalía: *¡Mira! Aquí llegan...*

> *Musa: Junto con Clotilde y Feliciano, llegan Evaristo y Patricia, que se acercan a la chimenea para quitarse los abrigos y los guantes con los que se cubren de la gélida noche.*

- Feliciano(frotándose las manos)*: ¡Huy! ¡Qué frío hace!*

- Victoriano*: Pues acércate al fuego, ya verás cómo entras en calor rápidamente.*

- María*: ¡Acercaos! Ya veréis qué bien se está aquí...*

- Ataúlfo*: Bueno, ¿empezamos la reunión, o qué?*

- Clotilde*: Espera un poco que nos calentemos, que acabamos de llegar...*

- Feliciano*: ¡Claro! ¡Como tú ya llevas tiempo aquí, pues ya te has calentado!*

- Matías*: Lo que hay que hacer es quejarse menos y ser más puntuales...*

- Severiano*: Hay que esperar porque todavía faltan el equipo de vestuario y el de decorados...*

- Luis*: ¡Clotilde y Feliciano pertenecen al equipo de decorados y ya están aquí!*

- Evaristo*: ¡Eh! ¡No te olvides de Patricia y de mí, que también somos de decorados!*

- Patricia*: De nuestro equipo sólo falta Pepe, que ha ido a buscar a los de vestuario. No tardaran en llegar...*

Musa: La puerta suena al ser golpeada tres veces...

- Rosalía*: ¡Pasad, pasad! Que la puerta está abierta...*

Musa: Y por ella van entrando Josefina, la modista, y sus ayudantes Pepita, Carmen, Rosa y Ángela. Las acompaña Pepe, con todo el equipaje que el grupo de vestuario ha empezado a preparar para el cometido que se proponen llevar a cabo.

- Josefina*: Aquí traemos todo el material que necesitaremos.*

- Pepita*: Hay que ver qué calorcito hace aquí dentro...*

- Carmen: *Sin duda alguna, se agradece.*

- Rosa: *Por cierto, buenas noches a todos...*

- Ángela: *Perdonad la tardanza, pero es que nos faltaba un poco para acabar...*

- Josefina: *Queríamos dejarlo todo a punto, para que ya pudiéramos contar con ello en esta reunión...*

- Rosa: *Y esperamos que las propuestas sean del agrado de todos...*

- Pepita: *¡Y si no, que se aguanten, que nuestro trabajo nos ha costado!*

- Victoriano: *Bueno, bueno, cómo viene ésta hoy...*

> *Musa: En estos momentos, casi todos han llegado a la reunión y se han ido distribuyendo en sillas alrededor de algunas mesas, cerca de la chimenea. Sólo faltan dos personajes más para completar nuestra historia, o mejor dicho, tres, ya que estos personajes son Mercedes, su hijo, Jesús, y David. Este último, después de haber estado recluido en su casa y en sí mismo durante mucho tiempo, está ahora dispuesto a retomar el contacto con la gente y luchar por vivir y salir adelante. Así, la ocasión de integrarse en este grupo y en el proyecto que tienen entre manos, le ilusiona y se le presenta como una magnífica oportunidad.*

- Matías: *A ver, sentaos que voy a pasar lista...*

- Carmen: *¡Anda! ¡Como en el colegio!*

- Carrasco: *Pero eso le correspondería a Severiano...*

- Severiano: *¡Huy! ¡Quita, quita, que yo ya tengo bastante con los míos!*

- Federico: *Pues yo no veo a Severiano de Alcalde ni a Matías de profesor...*

- Victoriano: *Pues mira, quizá con Severiano de Alcalde el pueblo iba mejor...*

- Matías: *¡Bueno, ya está bien! ¿Qué queja tenéis de mí? Si tenéis alguna, ¡al buzón de reclamaciones que hay en el Ayuntamiento!*

- Clotilde: *Pero si no sirve de nada, que van todas a la papelera...*

- Ataúlfo: *Sí, sí, pero antes, Matías se entretiene haciendo pajaritas y aviones con ellas... (Risas)*

- Matías: *¡Bueno, Ataúlfo! ¡Menos cachondeo! Y tú, Clotilde, no te quejes tanto, que ya te va bien que hagamos la vista gorda cuando sirves bebidas alcohólicas a menores...*

- Clotilde: *Pero ¿qué dices? ¡Yo no hago eso!*

- Pepita: *Ya, ya... Y entonces, ¿de dónde sacó mi hijo anoche la "tajada" que llevaba?*

- Evaristo: *Y tú, Feliciano, ¿qué dices a eso?*

- Feliciano: *Yo, nada de nada. Doña Clotilde tiene razón...*

- Luis: *¡Claro! ¿Qué vas a decir tú? Si dices lo contrario, te ponen de patitas a la calle...*

- Severiano: *¡Ya está bien! Dejad ya esta discusión, ya continuareis otro día con este diálogo de besugos...*

- Ataúlfo: *¡Muy bien, muy bien! ¡Hay que ver con qué elegancia os ha llamado tontos!*

- Severiano: *Tú no te rías, que también va para ti...*

- Ataúlfo: *Hombre, Don Severiano, que yo lo decía sin mala intención, ya sé que soy un poco bruto...*

- Rosa: *Un poco bruto, dice...*

- Ataúlfo: *Pero si en el fondo, soy buena persona...*

- Victoriano*: Sí, pero debe ser muy en el fondo...*

- Vicente*: ¡Haya paz, hermanos! ¡Vayamos a lo que nos ha traído aquí!*

- Matías*: Muy bien, según mi lista, sólo faltan por llegar Mercedes y David...*

- Victoriano*: Bueno, esos dos...*

- Vicente*: ¿Qué pasa con "esos dos"?*

- Ataúlfo*: Que sí, Don Vicente, que por una vez Victoriano tiene razón, que ella es una madre soltera, que tiene un hijo sin padre, y él...*

> *Musa: Don Vicente se pone en pie y da un puñetazo sobre una mesa.*

- Vicente*: ¡Cuidado! ¡Cierra esa bocaza y trágate la lengua, o tendrás que vértelas conmigo!*

- Victoriano*: ¿Por qué se ha de callar? ¡Si es lo que pensamos todos! Lo que pasa es que sólo nosotros dos nos atrevemos a decirlo...*

- Matías*: ¡Ya está bien! ¡Callaos ya, los dos!*

... con paredes de color blanco y suelo de baldosas con dibujos de triángulos grises y blancos y cuadrados de diferentes tamaños y colores.

- Ataúlfo: *¿Que me calle¿ ¿Que me calle? ¡A mí no me hace callar nadie!*

- Severiano: *¡Por favor, señores! ¡Un poco de sentido común! La verdad es que Don Vicente defiende que no se falte el respeto a nadie, por tanto, tanto tú, Ataúlfo, como tú, Victoriano, deberíais dejar este tema, porque no es asunto vuestro...*

- Victoriano: *Si, bueno, ya....*

- Severiano: *Por favor, siéntese, Don Vicente, y no se lo tenga en cuenta...*

- Vicente: *No, no se lo tengo en cuenta, pero es que estos comportamientos me duelen en lo más profundo del corazón... No son quién para decir nada de estos chicos, que sólo han tenido mala suerte en la vida, y no han hecho daño a nadie...*

> Musa: *En el silencio de la noche, se escuchan unos golpes suaves sobre la puerta...*

- Josefina: *¡Seguro que son ellos! ¡Voy a abrir!*

- David: *Buenas noches. Perdonad la tardanza...*

- Mercedes: *Es que no encontraba con quien dejar a mi hijo y, al final, lo he tenido que traer. Espero que no os moleste...*

- Rosalía: *Tranquila, mujer, no te preocupes, no es ninguna molestia...*

- María: *Déjalo cerca de la chimenea, para que esté calentito.*

- Victoriano: *Sí, pero que no lo deje demasiado cerca, a ver si se achicharra el chaval...*

- María: *¡Pero qué bruto eres, Victoriano! ¡Pero qué bruto!*

- Victoriano: *No, pero si yo lo decía por su bien... ¡Es que no se puede decir nada!*

- Ataúlfo: *¡Bueno, ahora sí que ya estamos todos, así que vamos a empezar, que ya es tarde y todavía tengo que cenar!*

- Ángela: *Este hombre sólo piensa en comer...*

- Clotilde: *No me extraña que este tan gordo...*

- Ataúlfo: *¿Cómo que gordo? ¡Lo que estoy, es fuerte!*

- Federico: *¡Ja, ja, ja! ¿Fuerte? ¡Pero si cada vez que te pido un análisis, te sale el colesterol por las nubes!*

- Ataúlfo: *Y tu, Clotilde, tampoco es que estés hecha una sílfide, precisamente...*

- Clotilde: *¿Qué tienes que decir de mis carnes, que han hecho perder la cabeza a más de uno?*

- Feliciano: *Incluso hoy en día, doña Clotilde...*

- Clotilde: *¡Bien dicho, Feliciano! Tienes el porvenir asegurado...*

- Matías: *Bueno, empecemos la sesión.*

- Vicente: *Espera, Matías, que aún falta alguien...*

- Ángela: *¡Es verdad! Fijaos, yo también me he dado cuenta. Los años me han hecho perder algunas facultades, pero no otras.*

- Vicente: *Si, pero el narrador no se ha dado cuenta... ¡Eh, Musa! ¡A ver si ponemos un poquito de atención, que si nos fallas tú, estamos apañados!*

Musa: Es cierto, perdonad, aún no ha llegado Antonio...

En ese momento, se escuchan unos golpes en la puerta.

Musa: Seguramente que es él...

- Matías: *¡Que alguien abra la puerta!*

- Ataúlfo: *¡Ábrela tú, cojones, que estás más cerca!*

- Matías: *Hombre, que yo soy el Alcalde y el productor...*

- Victoriano: *Bueno, tú y las Hermanas, no te olvides de ellas...*

Se vuelven a oír golpes en la puerta.

- Clotilde: *Bueno, pero que alguien abra la puerta, que si no el chico se va a quedar helado ahí fuera. ¡Feliciano, abre tú!*

- Feliciano: *Si, doña Clotilde.*

> Musa: *Feliciano se dirige hacia la puerta y, al abrirla, aparecen las figuras de Antonio y de León, su perro guía.*

- Feliciano: *¡Buenas noches, Antonio!*

- Antonio: *¡Buenas noches!*

- León: *¡Guau, guau, guau! (He dicho "guau", porque es la única manera de que me entiendan estos humanos. Bueno, si es que me entienden...)*

- Josefina: *Hola, preciosidad...*

- Antonio: *¡Gracias!*

- Josefina: *No, si se lo decía a León...*

Se oyen risas en la sala.

- Severiano: *Pasa, Antonio, y caliéntate. Tienes el fuego a tu derecha...*

- Antonio: *Gracias, ya lo sé, lo he notado al entrar...*

- Matías: *Bueno, ¿qué? Ahora sí estamos todos...*

- Rosalía: *Venga, cuando quieras empezamos.*

- Matías: *Bien. Todos sabéis...*

- Victoriano: *¡Pues yo, no!*

- Ataúlfo: *¿Quieres dejar de hacer el payaso?*

- Federico: *¿Por qué cuando alguien hace tonterías, se dice que está haciendo el payaso, despectivamente, cuando la profesión de payaso es tan digna como cualquier otra?*

- Severiano: *¡O más! No está al alcance de cualquiera, conseguir sacar una sonrisa a los demás...*

- Matías: *Bueno, continuando, decía que hace un año Rosalía propuso que el pueblo hiciera una obra de teatro...*

- Victoriano: *Eso ya lo sabemos...*

- Pepita: *¿Quieres dejar de interrumpir?*

- Clotilde: *¡Eso! ¡Échale la bronca, porque si no, no nos va a dejar terminar en toda la noche!*

- Victoriano: *¡Lo que faltaba! ¡Pero si yo sólo he dicho que lo que decía Matías ya lo sabíamos! ¿O no?*

- Vicente: *Vamos, continúa, Matías.*

- Matías: *Si, pero que Rosalía y Don Vicente me ayuden, que ellos saben tanto como yo.*

- Ataúlfo: *"Tanto como yo" dice. ¡Ja, ja, ja!*

- Matías: *Bueno, pues más...*

- Vicente: *¿Quieres continuar tú, Rosalía?*

- Rosalía: *Hágalo usted, Don Vicente, si tuviese algo que decir, con su permiso, ya intervendré.*

- Vicente: *Pues la obra tratará, como quedó dicho en su día, de la Vida y Pasión de Jesús, y está prevista su representación para la tarde del 24 de Diciembre, justo antes de celebrar la Nochebuena...*

- Severiano: *O sea, que nos queda únicamente un mes...*

- Victoriano: *¡Eh! ¡Que ahora ha interrumpido él, y nadie le dice nada!*

- Clotilde: *Pero, ¿Quieres callarte de una vez, pedazo de animal?*

- Victoriano: *¡Que me calle! ¡Que me calle! Es que no le dejan a uno aportar su talento a la reunión...*

- Ataúlfo: *Talento, dice... ¡ja, ja, ja!*

- Pepita: *Pues tú no te rías, que para el caso...*

- Federico: *Por favor, continúe, Don Vicente...*

- Vicente: *Exacto, nos queda un mes, pero tranquilos que vamos bien de tiempo, sólo tenemos que ensayar, porque el material ya lo tenemos, todo en orden ¿o queda todavía algo por terminar?*

- Josefina: *Por nuestra parte, sólo falta que cada uno vaya pasando para probarse su traje.*

- Luis: *Y, ¿cómo lo hacemos?*

- Carrasco: *¿Pasáis vosotras por nuestras casas para que nos los probemos, o nos los probamos aquí en el local?*

- Pepita: *¡Por vuestras casas! ¡De eso, nada! No vamos a estar nosotras con los trajes "p'arriba" y "p'abajo"...*

- Ángela: *Lo mejor es que vayáis pasando vosotros por la tienda de Josefina. Así, si hay que modificar algo, tenemos a mano todo el material y lo vamos haciendo.*

- Evaristo: *Pero, no hay ningún problema ¿verdad? Como Josefina, al llegar, dijo que os habíais retrasado porque queríais terminarlo todo hoy...*

- Josefina: *No te preocupes. Con las medidas que teníamos, es suficiente y todo quedará listo. Sólo es cuestión de que os los probéis, por si hubiera que modificar alguna cosilla.*

- Pepita: *Sí, pero lo mejor sería que quedásemos todos en una tarde...*

- Patricia: *Ya, pero es que igual no podemos todos en la misma tarde.*

- Carmen: *Bueno, quien dice una, dice dos...*

- Patricia: *No sé, no sé, tengo la sensación de que esto no va a salir bien...*

- Rosa: *Anda, no seas pesimista...*

- Patricia: *¡Si yo no soy pesimista! ¿Cuándo he sido yo pesimista?*

- Victoriano: *¡Nooo! ¡Nuncaaaa! ¡Qué vaaa!*

- Rosalía: *Pero si luego se desvive porque todo salga bien...*

- Patricia: *Sí, os lo podéis tomar a guasa, tanto como queráis, pero yo esto lo veo muy difícil. Nosotros no estamos preparados...*

- Severiano: *Que sí, mujer, ya verás como todo sale bien.*

- León: *¡Guau, guau, guau!*

- Federico: *Hasta León está de acuerdo, ¿ves?*

- Antonio: *Y si lo dice León, es que así será.*

> Musa: Algunas de las personas allí presentes sonríen abiertamente, mientras otras sueltan una carcajada. Menos Patricia, que mantiene el porte serio y la voz crítica.

- Patricia: *Ya, ya... ¡Ya veremos!*

- Evaristo: *Bueno, ¿qué os parece el jueves?*

- Ataúlfo: *¿El jueves? ¿Para qué?*

- Luis: *¡Para qué va a ser! Para probarnos los trajes...*

- Ataúlfo: *¡Ah bueno! Es que a mí, con todo esto de Patricia, se me había ido el santo al cielo.*

- Evaristo: *¡Menuda novedad!*

- Ataúlfo: *¿Qué quieres decir?*

- Evaristo: *No, nada, cosas mías. Bueno, Pepe, di algo, que llevas toda la noche aquí sin decir "esta boca es mía".*

- Pepe: *Y qué quieres que diga yo...*

- Federico: *Como siempre, Pepe, parco en palabras. Pero dejadle tranquilo, que él siempre cumple y sabe lo que hace.*

- Vicente: *Bien, así quedamos en que el jueves pasarán para probarse los trajes los que puedan, y los que no, se pasarán el viernes. ¿Qué te parece a ti, Josefina?*

- Josefina: *Perfecto, cuanto antes paséis, antes lo tendremos.*

- Vicente: *Y los de decorados, ¿cómo vais?*

- Pepe: *Creo que...*

- Evaristo: *Pues sí, eso, vamos, que...*

- Severiano: *¡Pero no interrumpas ahora a Pepe! Para una vez que se decide a hablar...*

- Evaristo: *Bueno, bueno, pues no digo nada más. Que siga él...*

- Pepe: *No, si yo, lo que quería decir, es que lo cuente Evaristo...*

- Evaristo: *Gracias, tu sí que sabes...*

- Clotilde: *¿Y por qué no Feliciano?*

- Feliciano: *Gracias, muy amable, doña Clotilde, pero usted lo haría mucho mejor.*

- Victoriano: *Lo mejor será que lo haga Patricia.*

- Ataúlfo: *¡Lo que faltaba! Entonces seguro que... "Nada positifo, todo negatifo"...*

> Musa: *Todos, excepto Patricia, se echan a reír. No sabemos muy bien por qué, pero si alguien lo sabe, que lo guarde en un escrupuloso secreto...*

- Evaristo: *Está bien, mirad...*

- Antonio: *No, si yo ya miro, y mira que pongo interés, pero por mucho que lo hago...*

- Luis: *¡Hay que ver, qué buen humor tienes, Antonio! Si a mí me pasara lo que a ti...*

- Antonio: *Pero si no pasa nada. Hay que tomarse la vida con humor. ¿Acaso creéis que los que tenemos alguna discapacidad no somos como cualquier otra persona?*

- Ataúlfo: *Supongo que sí...*

- Antonio: *Pues no lo supongas, afírmalo con todas sus letras.*

- León: *¡Guau, guau!*

- Vicente: *Vamos, que León tiene razón, dejémonos de bromas, que se está haciendo tarde, y vayamos al asunto...*

- Antonio: *No es ninguna broma, Don Vicente, porque todavía hay mucha gente que piensa que una persona ciega es alguien que no sirve para nada, alguien a quien hay que tenerle lástima. Y no es así, y estamos demostrando que somos tan válidos como cualquier ser humano...*

- Ataúlfo: *Hombre, Antonio, perdona. Yo no quería ofenderte…*

- Antonio: *Poro, no querías ofenderme ¿como ciego o como persona?*

- Ataúlfo: *Hombre, que me estas liando...*

- Antonio: *Tranquilo, hombre, que no te lío, que lo entiendo...*

> Musa: Se hace un extraño silencio en la sala, y todos reflexionan por lo último que ha dicho Antonio. Es Evaristo quien decide romper el silencio para seguir comentando cómo va el trabajo de los decorados:

- Evaristo: *Bueno, pues está todo prácticamente hecho, sólo nos falta montar una estructura de madera.*

- Feliciano: *Pues tendremos que ir a la ciudad para buscar la madera, porque ya hemos acabado con el material de la carpintería de Pepe...*

- Pepe: *Sí*

- Patricia: *No, si ya decía yo que esto no podía salir bien...*

- Clotilde: *Tranquila, mujer, que esto tiene fácil solución.*

- Patricia: *Tranquila, tranquila... Empiezas a fallar por una cosa y luego no sabes cómo terminas.*

- Vicente: *Bueno, pero ¿cuándo lo tendréis listo?*

- Evaristo: *Bien, el miércoles cogeremos la furgoneta de Pepe para ir a la ciudad, pero estaría bien que nos acompañaran dos personas más.*

- David: *Bien, yo puedo ayudaros.*

- Evaristo: *¿Algún voluntario más? ¿Qué tal tú, Feliciano?*

- Clotilde: *¡De eso, nada! ¡Feliciano tiene que estar pendiente de lo suyo, atendiendo el negocio!*

Musa: *Durante unos instantes se hace un silencio y todos se miran, hasta que se oye una voz:*

- Vicente: *¡Está bien! ¡Yo os acompañaré!*

- Matías: *¿Usted, Don Vicente? Porque estoy muy ocupado con la alcaldía, si no, iría yo...*

- Severiano: *¿Y qué crees que nos ocurre a los demás? Todos tenemos nuestras cosas que hacer.*

- Carmen: *Se agradece su voluntad, Don Vicente, pero Rosa y yo estamos libres y podemos ir.*

- Ataúlfo: *¿¿Vosotras??*

- Pepita: *¿Qué pasa? ¿Es que no pueden ir mujeres?*

- Ataúlfo: *No, hombre, no es eso, pero...*

- Victoriano: *Es que esas dos, precisamente... A mí ya me cuesta aceptar que estén con nosotros...*

- Rosa: *¿Qué quieres decir? Lo que sea, dilo claro. ¿Te crees que porque somos lesbianas somos distintas a ti? ¿Acaso crees que no sufrimos, sentimos y amamos como los demás?*

- Victoriano: *Hombre, lo de amar como los demás...*

- Carmen: *¡Pues sí! ¡Igual que tú! Nuestra tendencia sexual es diferente a la de mujeres heterosexuales, pero de nuestro corazón surge la necesidad y la capacidad de amar, como en el de cualquier otra persona...*

- Federico: *A veces, hasta más...*

- Victoriano: *¡No lo dirás por mí! Porque yo de capacidad de amar, tengo mucha...*

- Rosa: *¡Eso es lo que decís todos! Pero habría que verlo...*

Musa: La voz de Don Vicente, con un tono grave, de autoridad y respeto, se escucha con claridad:

- Vicente: *¡Haya calma! Y sigamos, que si no, no acabaremos nunca. Bien, así, irán a la ciudad en busca del material que nos hace falta, Evaristo, Pepe, David, Carmen y Rosa. Y no se hable más.*

- Carrasco: *¡Hombre! si lo dice usted así, tan serio, pues...*

- Vicente: *Así me gusta ¡Viva la democracia!*

Musa: Y así, con la luna en lo más alto del cielo y las estrellas brillando en la gélida noche, cada uno de ellos va marchando para sus casas. Ya en la calle, los cinco miembros que han decidido ir a buscar el material que falta, comentan...

- Rosa: *Bien... Así, quedamos en que iremos el miércoles...*

- Carmen: *¿A qué hora os parece que nos encontremos?*

- David: *Yo creo que a las ocho estaría bien.*

- Evaristo: *Sí, podríamos encontrarnos en el bar de Clotilde, tomamos un café y salimos a por el material. ¿Qué te parece, Pepe?*

Musa: Pepe, tan locuaz como siempre, asiente con la ca-
beza y nuestros amigos se despiden, porque la noche no
invita a quedarse a la intemperie.

Y llega el miércoles, un día frío que seguramente no su-
pera los cuatro grados. Los vecinos no recuerdan un oto-
ño tan gélido desde la época de maríacastaña. Sin em-
bargo, el sol reluce con todo su esplendor, lo que ayuda a
suavizar la mañana en la que nuestros amigos han que-
dado en el bar.

El bar es un lugar grande y acogedor. Y aunque la decora-
ción es cuestión de gustos, tratándose de doña Clotilde
todo se puede esperar, de modo que en el bar se encuen-
tran cuatro paredes pintadas de color granate chillón,
dos pilares que sujetan el techo, pintado como una cúpu-
la y cuadros de Van Gogh, Dalí y Miró, en las paredes. Ella
presume de que son originales, pero todo el mundo sabe
que no son más que copias. También hay fotografías de
las primeras mujeres sufragistas, con imágenes de cuan-
do se echaban a la calle, pidiendo el derecho de igualdad
entre hombres y mujeres. Y en el medio de la sala, una
estufa de carbón de principios del siglo XX que doña Clo-
tilde mantiene (siempre apagada) en honor a su abuelo,
que fue carbonero, aunque los clientes le dicen que ya va
siendo hora de quitarla.

La calefacción con la que mantiene la temperatura del
local es moderna, así como el aire acondicionado que
ayuda a pasar los calores del verano. En el techo, una
gran lámpara que ilumina todo el local, y en la barra todo
tipo de tapas y sabrosos embutidos que dicen "comed-
me". Doña Clotilde esta muy orgullosa de su bar, porque

allí van todos los vecinos del pueblo, aunque, la verdad sea dicha, quizá es porque es el único bar que hay...

En esto, que por la puerta del bar de doña Clotilde aparece Evaristo. Cuando él entra, algunas de las mesas están ocupadas, con vecinos que aprovechan para jugar una partidita de dominó o de cartas.

- Evaristo: *¡Buenos días, Feliciano!*

- Feliciano: *Buenos días...*

- Evaristo: *Bueno, esto es por decir algo, porque menudo frío que hace hoy, macho...*

- Feliciano: *¿Que te sirvo?*

- Evaristo: *Ponme un café con leche, bien calentito, y una de esas pastas.*

- Feliciano: *En un momento está hecho.*

- Evaristo: *Tu siempre tan servicial...*

- Feliciano: *Es mi trabajo.*

- Evaristo: *No me refiero al bar, sino a que eres servicial en todo...*

Musa: Evaristo no ha visto que en una mesa están los cuatro compañeros que le han de acompañar a la ciudad.

- Evaristo: *Bueno, soy el primero... ¿Verdad, Feliciano?*

Musa: Sus compañeros, que le oyen, responden antes de que Feliciano pueda decir nada...

- David: *¡Pues no! ¡Aquí estamos todos, esperándote!*

- Evaristo: *Vaya, qué puntuales...*

- Carmen: *Pues sí, puntuales hemos sido, porque habíamos quedado hace unos minutos...*

- Evaristo: *La cuestión no es que yo haya llegado un poco tarde, sino que vosotros habéis llegado demasiado pronto...*

- Rosa: *Anda, no busques excusas...*

- Evaristo: *Bueno, sea cuando sea que he llegado, no hay duda de que soy el más guapo y simpático de este grupo...*

>   Musa: *Todos se echan a reír y, sorprendentemente, Pepe hace un comentario...*

- Pepe: *¡Cómo se nota que no tiene abuela!*

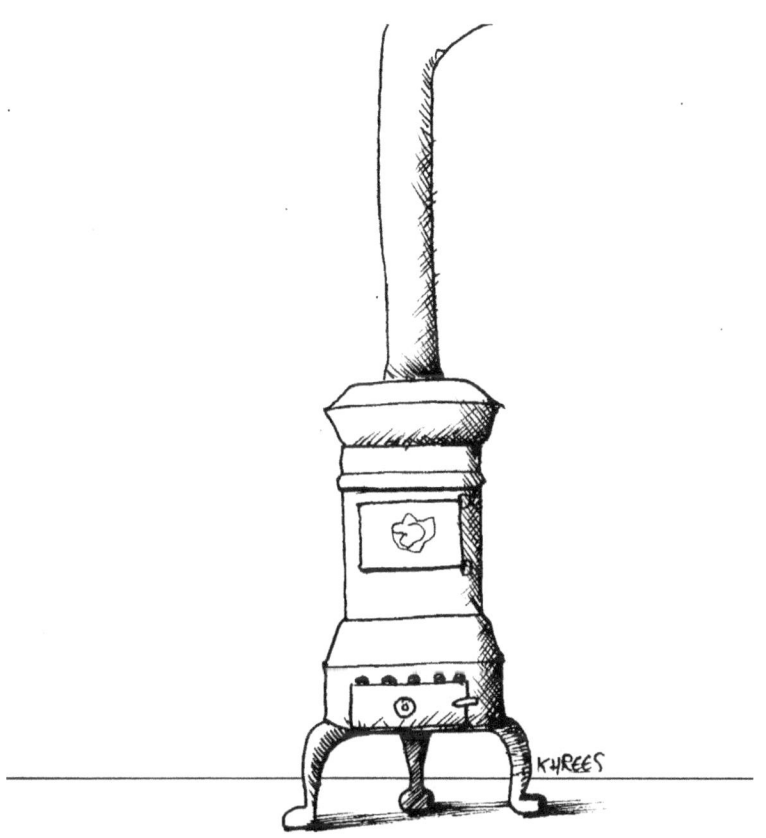

- Evaristo: *¡Jolines con Pepe! Habla poco, pero cuando lo hace...*

- Carmen: *Venga, tómate eso que has pedido y vámonos.*

- Evaristo: *¡Paciencia! Hay que desayunar con tranquilidad, porque si no, se echa el día a trastear...*

- Rosa: *Tú sí que estás hecho un buen trasto...*

- David: *Si nos escuchara Patricia, diría "¿Veis como todo va mal?"*

Musa: Evaristo toma su desayuno, apresurado, y se dispone a salir del bar también con prisas...

- Feliciano: *¡Eh Evaristo! ¿A dónde vas, hombre?*

- Evaristo: *¿A dónde quieres que vaya? A buscar el encargo que tenemos...*

- Feliciano: *Y, ¿no se te olvida algo?*

- Evaristo: *¡Qué se me va a olvidar!*

Musa: David, en voz baja, para que nadie se dé cuenta, le dice al oído a Feliciano.

- David: *Que no has pagado...*

- Evaristo: *¡Perdona chico! Pero es que, con todo este asunto, se me había olvidado...*

- Feliciano: *Tranquilo, no pasa nada...*

- Evaristo: *Hay que ver, qué bien enseñado te tiene doña Clotilde...*

- Carmen: *Por cierto, ¿dónde está? ¿Todavía duerme?*

- Feliciano: *Pues sí... Ya sabéis que sus buenas horas de sueño no se las quita nadie, porque ella cree que cuanto más duerma más tiempo se mantendrá joven, y que las arrugas tardarán más tarde en aparecer, pero eso, ya...*

- Rosa: *Ten cuidado, que como te oiga...*

- Evaristo: *¡Dejad al chico tranquilo! Que para una vez que puede meterse con ella...*

Musa: Y por la puerta del bar, salen los cinco en busca de la furgoneta para viajar a la ciudad.

La furgoneta de Pepe no es nada del otro mundo, pero él le tiene un gran cariño porque le va de maravilla y siempre le ha hecho un gran servicio, cuando la ha necesitado.

- Pepe: *¡Subid!.*

- David: *Pero, ¿tú crees que cabemos todos?*

- Pepe: *¡Claro que sí!*

- Carmen: *Ahora que está vacía la furgoneta, sí que podremos ir así, pero cuando esté llena...*

- Evaristo: *Tranquila, a ver si te vas a poner ahora tú en plan pesimista, como Patricia.*

- Carmen: *No, no es eso, pero...*

- Evaristo: *Ya verás cómo, de la misma forma que entramos ahora, volveremos a entrar luego... Pepe y yo vamos delante, y vosotros tres, atrás.*

Musa: Y Pepe pone en marcha la furgoneta, dirigiéndose a su destino. La verdad es que a él no le gusta nada correr, ya que piensa que no por mucho correr, se llega antes...

- Evaristo: *Pero, ¡dale un poco mas de marcha a esto, hombre! Que así, no llegamos ni mañana...*

- Rosa: *Déjale tranquilo, que Pepe sabe lo que se hace.*

- David: *Además, con esta carretera...*

- Carmen: *La verdad es que no sé a qué dedican los impuestos, pero a mejorar las carreteras, desde luego que no...*

- Evaristo: *Debe ser como lo del chiste aquél, que se encuentran el ministro de obras publicas alemán y el español en casa del primero, y le dice el español, "Qué casa tan bonita y qué jardines tan preciosos tiene usted, ¿cómo lo ha conseguido?" y le contesta el alemán, "¿Ve usted aquella autopista de allí? Pues*

la mitad de lo que tenía que costar, está aquí, en mi bolsillo".
Total que a los pocos meses, el alemán le devuelve la visita al
español y le dice, "¡Caramba! ¡Qué mansión, qué jardines y qué
coche tiene! ¿Cómo lo ha conseguido?", y le dice el español
"¿Ve usted aquella autopista que hay allí?", y el alemán respon-
de "Pues no...", a lo que contesta el español, "¡Cómo la va a ver!
Si lo que tenía que costar está todo aquí, en mi bolsillo..."

> *Musa: Todos se echan a reír, no sabemos si es porque les*
> *ha gustado el chiste. Este no es de Evaristo, ni del autor*
> *de este relato, a quien se lo contó un amigo, y lo aclara-*
> *mos porque no vaya a ser que nadie demande a nadie por*
> *plagio y se enfaden y pierdan la amistad, porque la amis-*
> *tad sincera y verdadera es algo muy bonito e importante,*
> *que hay que lograr mantener, día a día. El viaje va trans-*
> *curriendo entre el paisaje, formado por grandes viñedos*
> *y extensos campos de maíz, y poco a poco van llegando a*
> *su destino.*

- Pepe*: Ya estamos llegando...*

- Rosa*: ¿Queda lejos la tienda a la que tenemos que ir a buscar*
la madera?

- Evaristo*: Está en el centro de la ciudad. Es un almacén, les*
telefoneé ayer para avisarles de que veníamos hoy. Por cierto,
¿alguien de vosotros conoce la ciudad?

- David*: Yo vivía aquí, antes de irme a vivir al pueblo.*

- Carmen*: ¡Vaya! Igual te trae malos recuerdos este viaje...*

- David*: No, no te preocupes. No pasa nada, que el pasado*
queda atrás y hay que mirar hacia delante, al futuro, con la men-
te bien abierta.

> *Musa: La ciudad se llama Nalocebar, y no sé si los lectores*
> *la habrán oído mencionar alguna vez, o si la habrán en-*

contrado en algún mapa. Si no es así, no se preocupen, porque salvo nuestros personajes, no creo que nadie más sepa de ella... La ciudad tiene una población de medio millón de habitantes, y tiene una gran avenida con el nombre de José Amapola, que fue uno de sus hijos predilectos y que estuvo a punto de lograr el Nobel de la paz hace años, pero ya se sabe que no es fácil que se reconozca la labor bien hecha, por tanto, se consigan o no los premios, lo que verdaderamente importa es que te recuerden por una persona de bien.

Esta avenida está flanqueada por árboles y va a dar al mar, y a su lado, el resto de calles resultan algo estrechas, pero no importa ya que no es habitual que haya mucha circulación de coches, salvo los de la gente de afuera, y la bicicleta es el transporte habitual de los habitantes. Y seguramente por eso se mantiene siempre en la ciudad un ambiente despejado de contaminación, que permite ver la claridad del cielo. Sus ciudadanos están divididos, porque unos piensan que deberían darla a conocer al resto del mundo, pero otros temen que, al hacerlo, acaben perdiendo la calidad de vida que tienen ahora. Y los lectores se preguntarán por los habitantes de esa ciudad. Pues bien, se podría decir que, en general, son personas maravillosas, aunque, como en cualquier otro lugar del mundo, siempre hay alguien con un poco más de carácter, aunque siempre tienen su lado bueno, como todo ser humano. Pero no es de los habitantes de la ciudad de quienes vamos a hablar, sino de nuestros protagonistas, los vecinos del pueblo.

- Pepe: *¡Este es el almacén!*

- Evaristo*: ¡Para, Pepe, que voy a bajar! Te guiaré para que puedas entrar la furgoneta de culo, así nos irá mejor para cargar y después salimos de cara...*

- Rosa*: ¿Bajamos nosotras también?*

- Pepe*: Como queráis...*

- Carmen*: Pues mejor esperamos a que estemos adentro...*

- David*: Si lo dices por si pasa un coche, tranquila... apenas circulan... Aquí, lo que abundan son las bicicletas.*

Musa: Así, uno a uno, van bajando de la furgoneta.

- Pepe*: Evaristo, ese señor que hay en la entrada, es Facundo.*

- Evaristo*: Con él hablé por teléfono...*

Musa: Evaristo y Pepe se dirigen hacia Facundo.

- Pepe*: ¡Buenas tardes, señor Facundo!*

- Facundo*: "Facu", Pepe, llamadme "Facu"...*

- Pepe*: Perdóneme, señor Facundo...*

- Facundo*: ¡Y dale con lo de "señor" y "Facundo"! Con el tiempo que hace que nos conocemos, y todavía sigues igual... ¡Que somos de la misma quinta!*

- Evaristo*: Bien, pues tanto gusto, señor "Facu". Somos los vecinos de Pepe y venimos a por el material que le encargué por teléfono.*

Musa: Facundo mira la compañía que trae Pepe.

- Facundo*: ¡Hay que ver! ¡Qué buenos ayudantes te has traído Pepe! ¿Las chicas también?*

- Carmen*: ¡Por supuesto! Podemos arrimar el hombro como cualquier hombre...*

- Facundo: *¡Claro que sí, mujer, así me gusta! Repito, Pepe, ¡vienes muy bien acompañado!*

- Pepe: *Pues sí, señor Facundo...*

Musa: Y es que a Pepe, no hay quien lo cambie...

- Facundo: *Mirad, allí, en el fondo, está vuestro material.*

- Carmen: *Bien, nosotras ya vamos hacia allí.*

- Rosa: *Yo creo que sería mejor que entrásemos la furgoneta hasta el fondo del almacén, donde esta el material...*

Musa: La verdad, es que, entre una cosa y otra, la habían dejado en la puerta de la calle...

- Evaristo: *Ahora mismo guío a Pepe para que la entre.*

Musa: Así, Pepe se sube en la furgoneta y Evaristo empieza a indicarle. Y lo que en principio parece algo sencillo, nunca se sabe cuánto puede llegar a complicarse...

- Evaristo: *¡A la derecha, a la derecha! ¡Cuidado! ¡A la izquierda! ¡Que te la pegas! ¡Arrima un poco más!*

- Pepe: *Pero... ¿que me arrime a dónde?*

- Evaristo: *¡Pues por donde puedas pasar! ¡Venga, un poco a la derecha! ¡No, tanto no! ¡A la izquierda! ¡Cuidado que te cargas el espejo retrovisor! ¡Vaya chofer que estás hecho...!*

Musa: Y Pepe, ya cansado, se baja de la furgoneta y empieza a exclamar y gesticular como nunca antes se le había visto hacer.

- Pepe: *¡Ya estoy hasta las narices! ¡Ahora te subes tú y yo te guiaré! ¡A ver si aprendes a indicar de una vez! ¡Que eres más bruto que Ataúlfo y Victoriano juntos, que ya es mucho decir...!*

- Evaristo: *¡Joder, Pepe! ¡Cómo te pones por nada!*

> Musa: *Perdonen la interrupción, los personajes de esta obra no nos hacemos responsables de algunas impertinencias que puedan salir de la boca y la pluma de... bueno, ustedes ya saben.*

- Pepe: *¿Por nada? ¿Por nada? Yo sólo ya lo hacía mejor, y no necesito que nadie me indique...*

- David: *Vamos, no discutáis, que no sirve de nada...*

> Musa: *Y tras la tempestad, siempre llega la calma... Después de algunas maniobras, con Pepe al volante y Evaristo dirigiendo desde el suelo (¡Que el cielo nos proteja!), consiguen llevar la furgoneta hacia el lugar deseado.*

- Carmen: *La verdad, es que con todo este material...*

- Evaristo: *Es bueno, ¿verdad? Pues con esto construiremos la estructura del decorado que nos hace falta ¿Eh, Pepe?*

> Musa: *Y Pepe, que ya se ha olvidado de su enfado, vuelve a su locuacidad de siempre...*

- Pepe: *Sí...*

> Musa: *Y con la colaboración de todos, poco a poco se va llenando la furgoneta. Y al terminar...*

- David: *¡Bueno! Ya hemos terminado...*

- Rosa: *¿Por qué no vamos a tomarnos un café por aquí?*

- Carmen: *Pepe, ¿tú sabes dónde hay una cafetería o un bar?*

- Pepe: *Sí...*

- David: *Yo creo que, por la hora que es, lo mejor sería buscar un sitio para quedarnos a comer.*

- Rosa: *Pues sí, que yo ya empiezo a tener hambre ¿No os ocurre a vosotros lo mismo?*

- Evaristo: *¡Ya lo creo! Pero esperad un momento, que he de ir a la oficina a recoger la factura, para que Matías se la pueda dar a las Hermanas.*

Musa: El grupo espera un momento, a que regrese Evaristo.

- Evaristo: *¡Caramba! Me la han hecho con IVA incluido...*

- Carmen: *¿Y eso te sorprende?*

- Evaristo: *Pues un poco, que no en todos los sitios te lo hacen así...*

- David: *Eso era antes. Ahora casi siempre te las dan así.*

- Evaristo: *¡Bien! ¡Vamos a por esa comida!*

- Rosa: *Sí, vamos, que mi estómago empieza a quejarse.*

Musa: Y los cinco se dirigen a un bar llamado "La Ballena Azul", que se encuentra en la esquina de la Avenida de José Amapola con la Calle del Mar. No sabemos si el nombre del bar tiene relación con el nombre de la calle o si es pura coincidencia...

- Evaristo: *¡Caramba! ¡Menudo local!*

Musa: El local, muy elegante, sorprende a nuestros amigos, porque tiene un toque modernista que recuerda a los antiguos cafés en los que a principios del siglo XX se celebraban reuniones y tertulias.

- Evaristo: *¡Qué diferencia con el de Clotilde!*

- Rosa: *El de Clotilde tampoco está mal...*

- David: *Bueno, es cuestión de gustos.*

- Carmen: *Lo que temo es que comer aquí nos va a costar un ojo de la cara...*

- Rosa: *¡Qué va! Según esta carta, los precios no están nada mal...*

> Musa: *Van tomando asiento en una de las mesas, sin dejar de admirar los detalles del local, y el camarero se dirige hacia ellos.*

- Camarero: *¿Desean comer, las señoras y los señores?*

- Evaristo: *Sí. ¿Qué nos recomienda?*

- Camarero: *Cualquier cosa de la carta. Aquí está indicado el menú del día, que seguro que les satisface.*

- Pepe: *Mmm... Pues yo, de primer plato, me tomaría una sopa de pescado, que me apetece algo caliente...*

- Camarero: *Y de segundo plato, ¿qué tomará el señor?*

- Pepe: *Me traiga un bistec con patatas, y de postre un flan.*

- Evaristo: *Pues yo quiero un buen plato de macarrones, luego los pulpitos a la plancha con guarnición, y de postre... Mmm... ¡Una mousse de chocolate!*

- David: *Yo quiero lo mismo que Pepe, la sopa de pescado y el bistec con patatas, pero en vez de flan, quiero unas natillas de vainilla.*

- Camarero: *¿Y las señoras?*

> Musa: *Evaristo se sonríe mirando cómo Carmen y Rosa comentan, entre ellas, qué van a tomar, qué les gusta y qué no. No esconde que le cuesta entender su condición de homosexuales, pero lo acepta. En este sentido, es mucho más aceptable su postura que la de otros, como Ataúlfo o Victoriano, que no las acaban de aceptar y las miran como si fueran extraterrestres. En realidad, su*

comportamiento es una evidencia de que quedan muchas barreras por salvar. Aún así, Rosa y Carmen confían en que, poco a poco, su condición se vaya entendiendo como una situación más en una sociedad plural, acabando con estereotipos y prejuicios que marcan y marginan a las personas "diferentes". ¡Qué narices! ¡Viva la diferencia!

- Rosa: *Pues yo tomaré consomé, merluza a la plancha y una macedonia de frutas, por favor.*

- Carmen: *Yo también quiero consomé, unos San Jacobos con guarnición y un flan.*

- Camarero: *Muy bien. Rápidamente les traemos lo que han pedido, señoras y señores.*

Musa: *Tras dar buena cuenta del almuerzo, casi sin respirar, se oye la voz de Pepe.*

- Pepe: *Se come bien aquí.*

- Rosa: *Pues, la verdad, es que sí, que hemos comido bien...*

Musa: *El camarero, al retirar los platos que quedan del postre en la mesa...*

- Camarero: *¿Desearán tomar algún café?*

- Carmen: *Sí, gracias, un café corto para mí.*

- Rosa: *¡Otro para mí!*

- David: *Un cortado corto de café.*

- Pepe: *Otro, por favor.*

- Evaristo: *A mí me trae un café bien cargado y una copita de anís.*

Musa: Nuestros amigos se enfrascan en una animada charla cuando entra un mendigo en el local, mal vestido, con barba de tres o cuatro días, que contrasta con el entorno. Y, poco a poco, se acerca a la mesa.

- Mendigo: *Por favor, dadme algo, que no he comido en varios días...*

Musa: Nuestros amigos se miran, pero como no tienen intención de darle nada siguen hablando como si tal cosa, ignorando la interrupción. Entonces, el mendigo se dirige nuevamente a ellos y les dice, muy respetuosamente:

- Mendigo: *Aunque sea para decirme que no, os agradezco que me habléis, que soy un ser humano...*

Musa: La conversación del grupo se interrumpe bruscamente y el silencio se instala, por unos segundos, entre ellos. Se cruzan miradas y algunas mejillas se colorean por efecto de un repentino sofoco. Y, de repente, empiezan a hablar, todos, atropelladamente, dirigiéndose al mendigo.

- David: *Perdónenos, si no le hemos dicho nada no ha sido por hacerle un desprecio...*

- Carmen: *La verdad es que no teníamos intención de darle nada y hemos pensado, aunque quizá equivocadamente, que esa era la mejor manera de hacerlo...*

- Rosa: *Disculpe nuestra torpeza, pero con tanta gente que pide hoy día, ya no sabemos quién lo necesita de verdad y quién no.*

- David: *Sí, hay quien lo gasta en bebidas, o drogas, o va a parar a mafias... ¡Pero no creo que sea su caso, que seguro que lo necesita de verdad!*

Musa: Esto último, David lo ha dicho al ver que todos los ojos se han clavado en los suyos, acompañados de movimientos de cabeza de desaprobación. Y, en ese momento, Pepe mete su mano en el bolsillo, saca unas monedas y se las alarga al mendigo. Inmediatamente, todo el grupo, con rapidez, rebusca en bolsillos y carteras, y uno a uno, van ofreciendo su aportación. No sabemos cuánto dinero le dieron, pero seguro que al mendigo le recompensó más el hecho de que le prestasen atención, que las monedas que recibió. El mendigo, después de dar las gracias, se retira y deja al grupo en silencio, y se pueden escuchar, en el local, las notas de "Imagine", de John Lennon. Tras unos instantes, es Evaristo el primero que reacciona y, tras él, el resto de amigos.

- Evaristo: *¡Bueno! Ya va siendo hora de que volvamos a casa.*

- Carmen: *Pues sí, paguemos la cuenta y vayámonos.*

- Evaristo: *Esta cuenta la podría pagar Matías, que por algo es el alcalde...*

- Rosa: *¡Ja! Él, te la va a pagar...*

- Evaristo: *Pues ya podría, porque estamos aquí haciendo un servicio para el pueblo...*

Musa: Cada uno de ellos va pagando su cuenta y dejando su propina, unos más que otros, al son de la música de "Money, money", de la película "Cabaret" que empieza a sonar en ese preciso momento. Cuando salen a la calle, van subiendo a la furgoneta, que va bien cargada, y arrancan en dirección hacia su querido San Quintín de los Cielos. Bueno lo de "querido", dejémoslo en "a veces querido"...

- Evaristo: *Hombre, Musa, no digas eso... Para nosotros, nuestro pueblo es siempre querido. Y perdona por lo de "hombre" pero como no sé si eres hombre o mujer...*

Musa: Las Musas no tenemos sexo.

- Evaristo: *Pero si yo pensaba que.....*

Musa: Deja ya de pensar en qué o cómo soy y piensa en lo mucho que os queda por hacer en el pueblo.

- Pepe: *Evaristo, deja ya de pensar en las musarañas.*

Musa: ¡Pero, Pepe! ¡Que soy Musa, no musaraña!

- Pepe: *¡Ah! Perdón...*

Musa: Bueno, dejemos esa discusión que no nos lleva a ninguna parte y sigamos con nuestra historia, que es lo que interesa a nuestros lectores.

- Rosa: *Pero, ¿tú crees que todavía quedará alguno?*

La ciudad tiene una población de medio millón de habitantes, y tiene una gran avenida con el nombre de José Amapola, que fue uno de sus hijos predilectos y que estuvo a punto de lograr el Nobel de la paz hace años...

> *Musa: Eso espero, aunque sólo sea uno... ¡Eh, querido lector! ¡No nos abandone, por favor! Ya verá como esto le sirve, aunque sea de somnífero... ¡Eh! ¿Se ha dormido usted? ¿Sigue ahí? Bueno, por si acaso, seguiremos...*

- Pepe: *Ahora me echaría una siesta...*

- Evaristo: *Pero ¿Qué dices, loco? Tú, a conducir, que es lo tuyo.*

> *Musa: David bromea...*

- David: *Menos mal que no soy sólo yo, el loco...*

Musa: Ante la broma, todos se echan a reír. Poco a poco van haciendo camino y, como quien no quiere la cosa, llegan al pueblo. Allí les está esperando Matías.

- Matías*: Pero, ¿qué horas de llegar son éstas?*

- Evaristo*: ¿Cómo que qué horas son estas? Bien teníamos que comer...*

- Matías*: "Que comer, que comer..." Bueno por lo menos habréis traído todo el material.*

- Carmen*: Por supuesto, ¿no ves cómo va la furgoneta de cargada?*

- Matías*: Pepe...*

- Pepe*: ¿Si?*

- Matías*: Por favor, guarda el material en el almacén de tu carpintería, de momento.*

- Pepe*: ¡Vale!*

- Matías*: A ver, ¿traéis la factura?*

- Evaristo*: Sí, aquí está.*

Musa: Matías le echa una ojeada y, mirando distraídamente a David comenta...

- Matías*: Menos mal, por fin hacéis algo bien...*

- David*: ¿Cómo que "por fin hacemos algo bien"? ¡Nosotros somos capaces de hacer muchas cosas bien!*

- Matías*: Perdona, sólo ha sido un comentario en broma... No iba por nadie en particular, no te pongas así...*

- David*: Es que ya pensaba que iba por mí. Mucha gente cree que, por tener un problema de salud mental, somos incapaces de hacer nada bien, y eso no es así. Y me rebelo contra ello,* *porque nosotros somos capaces de hacer muchas cosas y, además, hacerlas muy bien.*

- Matías*: Ya te he dicho que me disculpes, chico, no era mi intención ofenderte... ¡Ah! Por cierto, esta noche hay reunión y tenemos que estar todos, porque es muy importante.*

- Carmen*: ¿A las nueve?*

- Matías*: Sí, a las nueve, como siempre. Os espero a todos.*

- Rosa*: ¿Reunión esta noche? Pero, ¿no es mañana cuando nos tenemos que probar los trajes?*

- Matías*: Por eso mismo, hoy hemos de decidir qué personaje interpretara cada uno de nosotros.*

- Carmen*: Claro, Rosa, y así se podrán ajustar las medidas, según corresponda a cada traje.*

- Rosa*: La verdad, ¡menudo trabajo nos queda todavía!*

- David*: Sí, pero ya veréis cómo conseguimos sacarlo adelante.*

- Carmen*: ¡Y lo bonito que nos va a quedar! ¡Eso no tiene precio!*

- Evaristo*: Bueno, hasta entonces...*

- Pepe*: Sí...*

> Musa: Como todos están acostumbrados a que Pepe apenas diga nada más, empiezan a marchar, y entonces Pepe los mira fijamente y...

- Pepe*: ¡Hermoso día, este de invierno, en que las flores recogen el aroma de la primavera cercana y del bello amanecer que llena de amor los corazones!*

- Evaristo*: ¡Vale ya, Pepe!*

- Pepe*: ¡Ah! Es que yo creía que...*

- Matías*: Pero hombre, si sólo queremos saber si vas a venir esta noche.*

Musa: Y Pepe, después de haberse dado el gustazo de su perorata, y después de haberse quedado todo lo ancho que uno se puede quedar, vuelve a ser el de siempre.

- Pepe*: Sí.*

Musa: Y así, cada uno se dirige hacia su cobijo y Pepe lleva la furgoneta al almacén de su carpintería, ya que el cielo encapotado señala la proximidad de la tormenta. Así es, y en poco rato, truenos y rayos acompañan un gran chaparrón de agua, y parecería que nuestros amigos van a tener una reunión "pasada por agua". Sin embargo, como después de toda tormenta llega la calma, ésta hace su aparición momentos antes de que se inicie la importante reunión, como si ella quisiese ser participe también. Y ahora, con algún paraguas que otro, por si acaso, todos han ido puntualmente llegando.

- Vicente*: Bien, aquí nos encontramos todos de nuevo. Hoy decidiremos qué personaje llevará a cabo cada uno de nosotros.*

- Ataúlfo*: ¿Usted también, Don Vicente?*

- Vicente*: Pues claro que sí.*

- Ataúlfo*: ¿Y de que hará usted, de angelito gruñón?*

- Vicente*: ¡Menos cachondeo! Bueno, antes de empezar, hemos de comentar que todo el material está aquí, ya disponible...*

- Victoriano*: ¡Bien, bien! ¡Somos los más grandes!*

- Patricia*: No sé, no sé, seguro que algo no está bien...*

- Severiano*: No seas tan negativa mujer, piensa en positivo y ya verás como todo sale bien.*

- Patricia*: No estoy muy segura de ello...*

- Ataúlfo*: Desde luego, qué mujer... Yo no entiendo cómo no se le cae el techo del supermercado en la cabeza...*

- Pepita: *¡Pero qué bruto eres!*

- Ataúlfo: *¡Pero si es verdad! Tanto pensar en qué va a salir mal, que al final algo pasará.*

- Federico: *Venga, calmaos y vayamos a lo que interesa. Continúe usted, Don Vicente...*

- Vicente: *Bueno, ya veréis cómo con el esfuerzo de todos y colaborando los unos con los otros, todo saldrá bien. A ver, ¿me ayudas, Rosalía, con los personajes?*

- Rosalía: *De acuerdo, Don Vicente. Bien, empecemos dejando claro que Matías...*

- Matías: *¡Hay que ver! ¡Con el tiempo que llevo en el pueblo, y de alcalde, y a mí nadie me llama de Don ni de usted, como a Don Vicente!*

- Victoriano: *¡Hombre! ¡Que no es lo mismo, Matías! Que tu y yo nos conocemos de niños...*

- Ataúlfo: *¡Eso, eso! ¡Además, Don Vicente ha hecho mucho por el pueblo!*

- Matías: *¡Hombre! ¿Será posible? ¿Y acaso yo no?*

- Ataúlfo: *Sí, pero de otra forma...*

- Matías: *¿Qué quieres decir con eso?*

- Ataúlfo: *Nada, que lo he dicho de broma...*

- Rosalía: *Bueno, continuemos, como Don Matías...*

- Matías: *¡Gracias hija, gracias! Te recompensaré...*

- Victoriano: *¿En qué estará pensando éste como recompensa?*

- Matías: *¡Pues en algo bonito y noble! No como vosotros, que ya me imagino en qué pensáis...*

- Rosalía: *¡Bueno! Como Matías...*

- Ataúlfo: *Ya te han vuelto a rebajar...*

- Rosalía: *¡Ya está bien! ¡Dejaos ya de bromas! Como Matías es, junto con las Hermanas del colegio "San Agradecidos de Dios", uno de los productores...*

- Clotilde: *Vamos, los que ponen el dinero... ¡Si sabré yo de esto!*

- Luis: *¡No te quejes! Que buenas ganancias has hecho tú con tu negocio...*

- Clotilde: *¡Mis buenas horas que me he tirado yo al frente, para sacar un poco, para poder tirar adelante!*

- Luis: *El que sí que saca "un poco para tirar adelante" es Feliciano...*

- Evaristo: *La verdad es que el sí, que echa muchas horas para que el negocio funcione, ¿verdad Feliciano?*

- Feliciano: *Pues yo, la verdad... Doña Clotilde tiene razón...*

- Rosalía: *¡Bueno, dejemos quién tiene o no razón y sigamos! El director, en mi opinión, podría ser Severiano.*

- Severiano: *Gracias, pero no sé si yo seré capaz...*

- Vicente: *¿Qué pensáis los demás?*

- Federico: *Yo estoy de acuerdo. Él mejor que nadie puede ocupar ese cargo.*

- Ataúlfo: *Sí, sí después de yo, él es quien mejor lo puede hacer.*

- Pepita: *"Después de yo", dice... Bueno, me callo por no...*

- Rosalía: *¡Bueno, ya tenemos Director! ¡Continuemos! La Virgen María puede ser Mercedes...*

- Victoriano: *¡Ya empezamos! ¡A ver, que alguien me lo explique!*

- Ángela: *Pues porque la chica lo vale, y lo puede hacer muy bien...*

- Mercedes: *Gracias, doña Ángela, pero yo ya sé lo que quiere decir él. Como soy madre soltera, considera que no soy digna de representar ese papel...*

- Victoriano: *¡Tú lo has dicho, no yo! Además, yo no tengo nada contra las madres solteras, pero...*

- Mercedes: *Si ese "pero" es el que dicen muchos como tú, cuando lo que realmente queréis decir es que no tendríamos que tener derecho a nada, ni a la vida, ni a amar, ni a ser felices. Vosotros, mucho ir a misa, pero ¿dónde está vuestro cristianismo? Ese de "no se ha de juzgar a nadie" y el de "amar a los demás como si fuesen tus propios herma-nos" ¡Sí, soy madre soltera! ¡Tengo un hijo concebido con y por amor! Hubiera preferido que mi hijo tuviera padre, pero ya que no ha podido ser así, no tengo por qué avergonzarme de ello. ¡Al contrario! ¡Estoy muy orgullosa de ser madre!*

- Vicente: *Todos deberíais recordar que cuando el Espíritu Santo, por obra y gracia de Dios, engendró en el vientre de María al hijo de éste, ella era virgen, y no había contraído nupcias con José.*

- Victoriano: *¡Es que no es lo mismo, Don Vicente!*

- Vicente: *Pues creo que sí que lo es, porque, ante todo, es un acto de amor.*

- Ataúlfo: *Como le oiga la Iglesia...*

- Vicente: *Tú tranquilo, que con la Iglesia ya me apaño yo. Además, no sé qué idea tenéis. En ella hay más gente tolerante de lo que creéis...*

- Federico: *No sé, Don Vicente, ese es un mundo muy cerrado todavía, y en ocasiones muy poco cercano a la realidad de la gente...*

- Vicente: *Pero no olvides que, cada vez, somos más los que trabajamos y luchamos por conseguir que día a día, la Iglesia se aproxime más a la realidad de nuestros tiempos y de las personas, para que nadie sea discriminado por sus creencias religiosas, su tendencia sexual, su raza o su sexo. En la Iglesia se ha de acoger a toda persona de bien, porque todos somos hijos de Dios...*

- Federico: *¿Usted cree que eso es así?*

- *Vicente: Yo, al menos, quiero creerlo.*

- Rosalía: *Ese es un tema muy interesante, y daría mucho que hablar, pero sigamos con lo que estábamos...*

- Josefina: *Yo soy partidaria de que el papel de María lo haga Mercedes. Es más, su hijo puede hacer de niño Jesús.*

- Clotilde: *Pues yo creo que ese papel me viene a mí como anillo al dedo.*

- Ataúlfo: *¿Cuál? ¿El de niño, o el de Virgen? ¡Ja, ja, ja!*

> Musa: A Ataúlfo no es el único al que se le escapa una carcajada. Finalmente, la mayoría está de acuerdo con que sea Mercedes quien haga de María.

- Mercedes: *¡Gracias! Sabéis que me encantaría hacer este papel, y también que mi hijo haga de niño Jesús, pero no querría sembrar discordia entre vosotros. Quizá, lo mejor es que lo deje estar...*

- Ángela: *¡De eso nada! Antes ya dije que tú vales y que lo puedes hacer muy bien. Algunos pensarán que, por mi edad, podría estar en contra de muchas cosas de hoy en día, y la verdad es que sí que hay cosas que no entiendo, pero lo que sí entiendo es que todos deberíamos ser más tolerantes y comprensivos con los demás, incluso con Ataúlfo y Victoriano, con los que hay que tener una paciencia de Santo Job...*

- Ataúlfo: *¡Hombre, doña Ángela!*

- Ángela: *¡A ver, mendrugo, que no he terminado aún de hablar! ¡Aprende a respetar a tus mayores! Lo que le hace falta a este mundo es más corazón y menos egoísmo...*

> Musa: Y Ataúlfo, con las orejas y la cabeza agachadas...

- Ataúlfo: *Perdone, doña Ángela, si yo... Bueno...*

- Clotilde: *¡Bueno! ¡Eso, continuemos! Sigue, Rosalía...*

- Rosalía: *Había pensado que María Magdalena, con el permiso de todos vosotros, podría ser yo...*

- Victoriano: *¡Un momento, pero eso tenemos que decidirlo todos!*

- Ángela: *¡El otro mendrugo! ¿Acaso no ha dicho la chica que "con el permiso de todos"? ¿O es que quieres hacerlo tú?*

- Victoriano: *Bueno, yo no... Pero, bueno, no me miréis así...*

- Rosalía: *No pasa nada, todos tenemos nuestro punto de vista, y eso es bueno y enriquecedor. Es legítimo y democrático el derecho de toda persona a tener su forma de pensar y de ser, aunque éstas sean contrarias a las nuestras. Yo defendería, incluso con mi vida, ese derecho, que nos hace a todos más libres.*

- Ataúlfo: *¿Acaso defenderías con tu vida a un asesino?*

- Rosalía: *¡Defendería el derecho que tiene a ser juzgado con justicia, sin escatimar ninguno de sus derechos!*

- Victoriano: *Lo único que se merecen esos, es la pena de muerte*

- Rosalía: *¡Jamás! ¡Eso, nunca! Una sociedad que quiere ser considerada civilizada y humana, debe buscar otros caminos para hallar una solución, pero la muerte por la muerte, además de ser un acto mezquino, no soluciona nada.*

- Severiano: *Comparto la opinión de Rosalía.*

- Ataúlfo: *¡Hombre! ¡Cómo no! Si ya sabemos que entre Rosalía y tú, ¿eh?*

- Severiano: *Entre Rosalía y yo ¿qué? Sólo somos muy buenos amigos...*

- Victoriano: *¡Vaya! Ahora se le llama así...*

- Severiano: *¡Pero, bueno! ¿Tan difícil de entender resulta que entre personas que comparten opiniones y gustos por las cosas* *de la vida, sólo pueda existir una bonita y hermosa relación de amistad?*

Musa: Evaristo, en un tono un poco jocoso, continúa...

- Evaristo: *Sí, sí...*

- Rosalía: *¿Qué quieres decir con ese tono?*

- Evaristo: *Yo, nada. Que tiene razón Severiano.*

Musa: Mientras tanto, Federico ha encendido un cigarrillo.

- Federico: *Creo que nos estamos alejando del hecho que nos ha reunido aquí.*

- Pepita: *Federico, por favor, ya estas con el pitillo. María, a ver si le dices a tu marido que deje de fumar.*

- María: *¡Huy! No sabes tú las veces que se lo tengo dicho, pero no tiene remedio.*

- Matías: *Luego, cuando vas a su consulta no para de insistir en que dejes de fumar.*

- Federico: *¡Vosotros haced lo que yo os diga, no lo que yo hago!*

- Evaristo: *¡Esto sí que está bien! Tú, como médico, deberías dar ejemplo. Fumar es malo.*

- Federico: *Lo sé, y que puede acabar con tu vida. Pero deberíais de ser un poco más condescendientes con los fumadores.*

- Evaristo: *¿Has escuchado, Musa? ¡Di algo! Al fin y al cabo, tú eres la responsable de que Federico fume...*

Musa: ¡Por favor! ¡No me metáis a mí en estos líos! Es verdad que hay que concienciar a las personas de que fumar perjudica gravemente la salud, pero no pidáis que me convierta ahora en el Tribunal de la Santa Inquisición.

Concienciar es una tarea de todos, pero educando, no castigando. Hay que hacer ver a todas las personas, y sobre todo a los niños, los perjuicios del tabaco, pero de una forma educativa, para que luego cada uno pueda elegir libremente el camino a tomar.

- Vicente: *Bueno, continuemos. ¿Quién va a representar el papel de Herodes?*

- Ataúlfo: *No sé, porque yo he nacido para el de Jesús...*

- Clotilde: *¿Y qué más? Fíjate que el de Herodes te va que ni pintado...*

- Ataúlfo: *¡Sí, hombre! ¿Y por qué?*

- Clotilde: *Porque Herodes era el terror de los niños, y todos sabemos aquí, que tú eres el único capaz de poner en cintura a los hijos de Federico y María.*

- Ataúlfo: *¡Vaya! Porque un día maté a un perro, me llaman mataperros...*

Musa: León, que ha escuchado eso, piensa...

- León: *¡Guau, guau! ¿Pero qué dice este animal? ¿Que mató a un perro? ¡A estos humanos no hay quien los entienda! Hoy te dan una caricia, como to dan un coscorrón. ¡E incluso piensan en hacerte una salvajada!*

Musa: León le enseña los dientes a Ataúlfo.

- Ataúlfo: *Oye, Antonio, coge a tu perro que mira cómo me está mirando.*

- Antonio: *Claro, dices que has matado a un perro. ¿Cómo quieres que te mire?*

- Ataúlfo: *Lo de matar un perro era un decir.*

- Victoriano: *Perfecto, voto porque Ataúlfo haga de Herodes.*

- Ataúlfo: *Pues mira, tú podrías hacer de Barrabás.*

- Vicente: *Bien mirado, le quedaría de maravilla.*

- Victoriano: *Perdone, Don Vicente, pero yo había pensado en...*

- Josefina: *¡Otro que quiere hacer de Jesús!*

- Victoriano: *¡No, no! El sueño de toda mi vida ha sido poder representar al Bautista, a Juan Bautista.*

- Ataúlfo: *Bond, James Bond...*

- Victoriano: *¡Menos cachondeo!*

- Luis: *Yo creo que el papel del Bautista le iría perfecto a Carrasco.*

- Clotilde: *Estoy de acuerdo. Carrasco es alto, fuerte, guapo, con esa barba tan sexy, que vuelve locas a todas las chicas del pueblo...*

- Victoriano: *¡Un momento! ¿Es que yo no soy guapo y fuerte?*

- Clotilde: *¡No me hagas reír! Puede que algún día lo fueras, pero ahora estas de un fondón...*

- Victoriano: *¿Y qué? Siempre estáis con el tema del físico. ¿Es que no pensáis en considerar a las personas por otros valores?*

- Rosalía: *En eso tengo que darle la razón, valorar a las personas por su físico o su estatus social, es tan vacío y superficial como el mismo hecho. En mi opinión a las personas hay que valorarlas por su corazón, sus sentimientos y su entrega hacia los demás.*

- Victoriano: *¡Muy bien dicho! Asi que haré el papel del Bautista...*

- Rosalía: *¡No confundas la velocidad con el tocino! Creo que todos estaremos de acuerdo en que tú hagas de Barrabás.*

- Clotilde: *¡Por supuesto! Si alguien opina lo contrario, que levante la mano.*

Musa: La verdad es que, salvo Victoriano, nadie más levanta la mano. Mucho nos tememos que su sueño quedará para mejor ocasión

- Victoriano*: ¡Está bien! Por cierto, Luis, ¿cómo le dejáis llevar esa barba a Carrasco? ¿Eso es reglamentario?*

- Luis*: Sea reglamentario o no, lo importante es que cumpla con su función.*

- Josefina*: Hay que decir que, últimamente, en el pueblo estamos más tranquilos, y eso se lo hemos de agradecer al cuerpo de policía.*

- Evaristo*: Eso es cierto. Antes, para las fiestas del pueblo o los fines de semana, con eso de que venía mucha gente de los pueblos de alrededores y de la ciudad, se armaba la de San Quintín, valga la redundancia. Ahora, desde hace un tiempo, estamos más tranquilos.*

- Pepe*: Eso es verdad...*

- Ataúlfo*: ¡Bueno, bueno! ¡Que entre ellos también ocurre cada cosa...!*

- Carrasco*: Ya. Tú te refieres a los policías corruptos, que se dejan comprar, pero esos son muy pocos y no está bien generalizar, para que los que no somos así, la mayoría, no tengamos que pagar justos por pecadores. Quiero dar las gracias a quienes valoráis nuestro trabajo, pero que sepáis que no necesitáis hacerlo, porque esa es nuestra misión: velar por los demás. Aunque a veces nos encontremos con gente que nos requiere para solucionar sus problemas, y no tan sólo no te lo agradece, sino que cuando te ve por la calle, ni te saluda y te gira la cara.*

- Luis*: Vete acostumbrando a eso. Yo, que llevo tantos años en esto, he visto de todo...*

> *Musa: Seguramente nunca seremos lo suficientemente agradecidos por el trabajo que desempeña la policía, a pesar de sus más y sus menos.*

- Vicente: *Cada vez quedan menos personajes por definir...*

- Clotilde: *Y a mí, ¿qué personaje me toca?*

- Rosalía: *Tranquila, ya llegaremos.*

- Evaristo: *¿Habéis visto cuánto rato hace que Patricia no dice "esto no va a salir bien"?*

> *Musa: Muchos echan una carcajada...*

- Patricia: *Reíd, reíd, pero esto no saldrá bien. ¡Ya veréis, ya!*

- Federico: *Pero, Evaristo, para qué has dicho nada...*

- Rosalía: *Por cierto, Federico, ¿qué tal tú en el papel de Poncio Pilatos?*

- Federico: *¿Yooo? Pues...*

> *Musa: Tras unos momentos de silencio...*

- Federico: *¡Está bien! No me voy a quejar, como otros. ¡Lo haré!*

- Victoriano: *¡Oye, que algunos no nos hemos quejado! Simplemente, es que queríamos hacer otro personaje...*

- Federico: *Ya, ya... ¡Quién se pica, ajos come!*

- Victoriano: *¡Oye! ¡De eso, nada! ¿Eh?*

- Federico: *Bueno, si tu lo dices...*

- Rosalía: *Venga, dejadlo ya de una vez, y sigamos con los personajes. Para el papel de Agripina...*

- Clotilde: *¡Yo! ¡Yo! ¡Ese lo hago yo!*

- Rosalía: *Tranquila mujer, que ya te llegará tu turno...*

- Clotilde: *¡Jolines! ¿Es que no me va a tocar a mí nunca?*

- Carmen: *¡Un momento! Antes de ponernos con el personaje de Agripina, me gustaría proponer que las personas que hemos trabajado en el vestuario, podríamos llevar los decorados y ser tramoyistas.*

- Rosalía: *Pues sí, la verdad es que tienes razón.*

- Carmen: *Entonces Josefina, Pepita y compañía nos encargaremos de esa función.*

- Ataúlfo: *Ya es muy tarde... ¿Por qué no lo dejamos por hoy?*

- Vicente: *Sí, la verdad es que se nos ha hecho tardísimo. Teníamos que haberlo decidido todo hoy, para empezar los ensayos cuanto antes.*

- Ataúlfo: *No sé qué opinan los demás, pero yo estoy muy cansado, ya.*

- Severiano: *Creo que todos estamos un poco cansados por hoy...*

- Vicente: *Está bien, lo dejamos aquí y continuamos mañana.*

- Clotilde: *Bueno, pero a ver si mañana lo solucionamos todo, que yo no puedo estar cerrando el bar cada dos por tres.*

- Matías: *Yo propondría que la reunión de mañana la celebremos en el bar de Clotilde.*

- Clotilde: *Buena idea, así hacéis gasto...*

- Pepita: *Mírala qué interesada...*

- Clotilde: *Bueno, yo lo decía por el bien de todos...*

- Pepita: *"Por el bien de todos"... ¡A ver si no le vendes más alcohol a mi hijo!*

- Clotilde: *El muchacho viene, y yo, pues se lo vendo, qué voy a hacer...*

- Pepita: *"Qué voy a hacer", "qué voy a hacer"...*

- Clotilde: *Por cierto, hay que ver qué guapo te ha salido el muchacho. No se parece en nada a su padre; es tu vivo retrato...*

- Pepita: *¡No me cambies ahora de tema! Hay que ver el jabón que das cuando te interesa. ¿Que mi hijo se parece a mí? ¡Si es una copia del padre! Mala puñalada le den... Al padre, claro.*

- Vicente: *No digas eso, Pepita.*

- Pepita: *No, si sólo es una forma de hablar, Don Vicente.*

- Ataúlfo: *Hay que ver, qué manía le tienes a los hombres.*

- Ángela: *Es que, como sean como tú...*

- Ataúlfo: *Doña Ángela, no diga eso, que yo tampoco soy tan mal partido...*

- Josefina: *Nooo...*

Musa: Un ciclón de risas inunda la sala.

- Pepita: *En honor a la verdad, he de reconocer que los hay que valen la pena, pero otros...*

- Victoriano: *Pero ¿qué haríais vosotras, las mujeres, sin nosotros?*

- Pepita: *¡El que faltaba! ¿Que qué haríamos? ¡Pues muchas cosas! En realidad, sois vosotros los que no sabéis qué hacer sin nosotras. Muchos no sabéis ni freír un huevo, ni haceros la cama...*

- Ataúlfo: *Pero no es bueno que una mujer esté sola...*

- Josefina: *¡Pues mejor sola que mal acompañada!*

- Pepita: *¡Di que sí! ¡Tener que aguantar a uno que sólo se acerca para ponerte la mano encima, y que te hace sentir como si no fueses persona, que te humilla y arrincona como mujer y como ser humano! ¡Ante eso, hay que rebelarse! ¡Y decir "no, basta se acabó!*

- Josefina: *Pero eso no es fácil, porque si vas y lo denuncias, a veces no te hacen ni caso. Incluso te miran como si la culpable fueses tú.*

- Rosalía: *No es fácil por cómo está montada la sociedad, pero hay que saber decir "basta ya", porque si no, te anulan como persona, haciéndote sentir que no vales nada, que tu vida no vale nada...*

- Patricia: *Y ante eso ¿qué se puede hacer?*

- Rosalía: *Armarse de valor y dirigirse a la oficina de policía más cercana, denunciando y solicitando protección. Hoy en día hay protocolos y pueden ayudarte.*

- Severiano: *En eso tienes razón. Yo siempre os apoyaré para ayudar a cambiar esa idea de que la mujer tiene que estar sometida al hombre. ¡Ningún ser humano tiene que estar sometido a otro!*

- Federico: *Creo que, en lo más profundo de nuestros corazones, todos estamos de acuerdo. Además, hay que reconocer que, aunque sea poco a poco, algunas cosas van cambiando...*

- Rosalía: *¿Qué quieres que te diga? Algunas cosas sí, pero otras... De todas formas, hay que esperar que cambien del todo, por el bien de nuestros hijos y nietos.*

- Pepita: *Sobre todo por nuestras hijas y nietas...*

- Rosalía: *Por el bien de todos, mujer, por el bien de todos.*

- Vicente: *Bueno, creo que será mejor dejarlo por hoy, como ha dicho antes Ataúlfo. Todos estamos muy cansados ya, por tanto, será mejor reanudar esta reunión mañana.*

- Clotilde: *Pero en mi local, ¿eh?*

- Evaristo: *Pero ¿qué más te da? Si tienes que cerrarlo igual...*

- Clotilde: *¡De eso nada! ¡Lo haremos con el local abierto!*

- Rosalía: *No pasa nada, podemos hacer la reunión de todas formas, con el local abierto. ¡Hala! ¡Hasta mañana!*

Musa: Todos se van despidiendo bajo el manto de estrellas que embellecen el cielo. Al día siguiente el sol brilla resplandeciente, calentando los cuatro rincones de San Quintín de los Cielos. El día, más bien parece de primavera que uno de otoño. En el pueblo, cada quien atiende a sus quehaceres, hasta que llega el momento en que los integrantes de la obra vuelven a reunirse. Poco a poco, el sol se va poniendo, anunciando que cada vez queda menos tiempo para la reunión. Los demás habitantes siguen haciendo su vida habitual, los hay que, para no perder la costumbre, están en el local de doña Clotilde, jugando su partidita de mus o de dominó. Y llega el momento en que cada uno va haciendo aparición por el bar de doña Clotilde.

- Evaristo: *¡Feliciano! ¡Ponme un helado de vainilla con chocolate!*

- Clotilde: *Pero, ¿dónde vas tú ahora con un helado?*

- Evaristo: *Es lo que me apetece, con este día más propio de verano que de invierno...*

- Clotilde: *¡Pues te aguantas! ¡No tengo!*

- Evaristo: *Mira que eres fina... Como trates así a todos los clientes, poco te van a durar.*

- Clotilde: *Pues clientes no son precisamente lo que me falta.*

- Evaristo: *Ya, pero hay que ser más fina, más elegante, hay que tratarlos con más clase, si no acabarán no viniendo.*

- Clotilde: *Sí, tú me vas a dar ahora lecciones de elegancia y clase…*

- Vicente: *Bueno, no discutáis ahora. Bastante tendremos después con la reunión...*

Todos se van despidiendo bajo el manto de estrellas que embellecen el cielo

- Evaristo: *Si es de broma, Don Vicente. ¡Feliciano, un café bien cargado y una copita de anís!*

> Musa: Todos han llegado ya. Bueno, todos no... Falta Patricia, que llegará en cuanto termine de cerrar el Súper. La verdad, nadie parece estar muy dispuesto a hacer gasto en el bar.

- Clotilde: *¡Bueno, qué! ¿Tomáis algo, o os quedáis mirando?*

- Matías: *Tú siempre mirando por el negocio...*

- Luis: *Por eso quería que hiciéramos la reunión aquí.*

> Musa: Todos piden alguna cosa. La mayoría, bien un café o un cortado.

- Rosalía: *Bueno, ya podemos empezar. ¡Clotilde! ¿Podemos juntar estas mesas? Es para estar juntos y poder hablar mejor.*

- Clotilde: *Bueno, sí, pero sin molestar al resto de clientes.*

- Victoriano: *¡Oye! Que eras tú quien quería que viniésemos aquí...*

- Clotilde: *Sí, pero sin molestar.*

- Rosalía: *Tranquila, no vamos a molestar a nadie. Mirad, falta Patricia que llegará en unos minutos.*

- Ataúlfo: *Patricia... Bueno, así no habrá influjos negativos.*

- Ángela: *No digas eso, que la chica bien que ayuda.*

- Vicente: *Feliciano, ¿vienes a sentarte aquí?*

- Clotilde: *No, Don Vicente. Feliciano se queda detrás de la barra, atendiendo a los clientes que vayan viniendo.*

- Rosalía: *No importa, desde ahí puede ir enterándose de todo.*

- Patricia: *¡Hola, buenas noches! Siento llegar un poco tarde, aunque no creo que todo vaya a salir mal por ello.*

- Victoriano: *¡Aleluya! ¡No cree que todo vaya a salir mal!*

> Musa: Y Victoriano echa una carcajada que parece retumbar en todo el local.

- Patricia: *Muy gracioso...*

- Severiano: *Bueno, dejemos las bromas para otro momento y empecemos ya.*

- Rosalía: *Sí, sí, que nos queda mucho trabajo y hoy tenemos que dejarlo todo atado y bien atado.*

- Vicente: *Recuerdo que ayer el tema que nos había quedado pendiente eran el reparto de los personajes no asignados.*

- Rosalía: *Si estábamos con el papel de Agripina...*

Musa: *Tras unos instantes de silencio...*

- María: *Tal vez...*

- Ataúlfo: *¡Adjudicado, por hablar!*

- María: *Pero si yo sólo iba a decir...*

- Rosalía: *La verdad es que no es mala idea...*

- Josefina: *¡Por fin Ataúlfo tiene una buena idea!*

- Ataúlfo: *¡Pero si yo tengo muy buenas ideas, lo que pasa es que soy un incomprendido!*

Musa: *La sala al completo se echa a reír.*

- Ataúlfo: *Pero, ¿qué pasa?*

Musa: *María con su timidez, habla.*

- María: *Yo, lo que quería decir, es que puedo hacerlo yo.*

- Ataúlfo: *¿Veis? Ya lo decía yo. ¡Si es que soy un genio!*

- Rosalía: *Pues sí...*

- Ataúlfo: *¡Gracias!*

- Rosalía: *Si no va por ti, es por María. Ella hará de Agripina.*

- Severiano: *¿Qué otros personajes está previsto que salgan en la obra?*

- Vicente: *Pues, entre otros, los Reyes Magos de Oriente, José, Pedro...*

- Rosalía: *Judas, Don Vicente...*

- Victoriano: *¡Mira! ¡Esta llama Judas a Don Vicente!*

- Rosalía: *¡Que no es eso, cabeza de melón! Lo que quiero decir es que también falta Judas.*

- Luis: *Yo quiero hacer de José.*

Musa: Feliciano, desde detrás de la barra del bar, llama la atención del grupo.

- Feliciano: *¿Cómo me veis a mí de Rey Gaspar?*

- Vicente: *Gracias, Feliciano, pero te veo más en el papel de Pedro.*

- Evaristo: *La verdad, Don Vicente, si usted y Rosalía ya tenían pensado qué personajes interpretaríamos cada uno, nos podíamos haber ahorrado todo esto.*

- Vicente: *No todos, pero sí que habíamos pensado en algunos, y necesitábamos la aprobación de todos vosotros. Todos sabéis que Rosalía y yo llevamos gran parte de la obra, por lo tanto algunas decisiones las teníamos que tomar nosotros.*

- Rosalía: *Si alguien no está conforme, siempre puede dejar la representación ahora, aunque la verdad habíamos puesto mucha ilusión en ella, y nos gustaría que participarais todos vosotros.*

- Severiano: *Por mí, no hay problema alguno. Este es un trabajo de todos y para todo el pueblo.*

- Federico: *Por supuesto, ahora debemos estar todos unidos y no echarnos atrás.*

- Ataúlfo: *¡Y que no me entere yo de que alguien se queje ahora de nada!*

- Rosalía: *Bueno, como ya hemos definido algunos personajes más, quisiera decir que doña Clotilde...*

- Clotilde: *¡Yo, yo! ¡Por fin me toca! Haré de Salomé, ¿verdad? ¡Con el baile de los siete velos! ¡Ya sabía yo que me tenía que tocar algo así a mí!*

- Rosalía: *Pues no. Salomé no sale en esta obra.*

- Clotilde: *¿Ah, no? Y entonces ¿quién seré yo?*

- Rosalía: *Habíamos pensado en Patricia y en ti como apuntadores...*

- Clotilde: *¿Apuntador yo? ¡Pero cómo se puede despreciar tanto talento como el mío?*

- Vicente: *Tranquila, que el de apuntador es un trabajo muy importante. Sin él no podríamos hacer la función...*

- Clotilde: *¡Ah! Bueno, si usted lo dice, Don Vicente, será verdad. Aunque yo diría que...*

- Vicente: *Que sí, mujer, que sin ti no podemos hacer nada...*

- Clotilde: *Bueno, bueno...*

- Rosalía: *¿Y tu, Patricia? ¿Qué dices?*

- Patricia: *A mí me da igual, como todo va a salir mal...*

- Rosalía: *Que no, mujer, ya verás como todo sale muy bien. ¡Y lo contenta que vas a quedar!*

- Patricia: *Huuuuum...*

- Evaristo: *Pero, ¿de qué se quejara ahora esta mujer?*

- Vicente: *¡Va, continuemos! Pasemos a los Reyes Magos. Yo quisiera hacer de Melchor, si a nadie le parece mal.*

- Severiano: *No, Don Vicente, usted también tiene derecho a salir en la obra, ¡qué caray!*

- Rosalía: *Pepe, ¿cómo te ves de Gaspar?*

> Musa: *Pepe, con la humildad que le caracteriza, y con su voz de terciopelo, responde.*

- Pepe: *Pueees, sí...*

- Rosalía: *Antonio, habíamos pensado en ti para Baltasar...*

- Antonio: *¡Me parece muy bien!*

- Ataúlfo: *¡Eeeh! ¡Un momento! ¿Cómo va a hacer Antonio de Baltasar?*

- Ángela: *¡Ya está éste quejándose! Y eso que dijo que no quería oír quejas de nadie.*

- Antonio: *Si lo dices por el color de piel, me maquillo y ya está.*

- Ataúlfo: *No, si no es eso, Antonio. Yo no quiero ofenderte, pero dónde se ha visto a un Rey Mago ciego...*

- Antonio: *Pues alguna vez tenía que ser. Además, lo importante no es ver con los ojos, sino con el corazón. Y con él es con lo que ven los niños a los Reyes Magos de Oriente, por lo tanto veámoslos nosotros también.*

- Ataúlfo: *Bueno, dicho así...*

- Victoriano: *La verdad, en principio yo tampoco estaba de acuerdo, pero después de lo que ha dicho Antonio...*

- Vicente: *Pues bien, Antonio será Baltasar. Y ahora ya sólo nos quedan Judas y Jesús.*

- Carmen: *Perdone un momento, don Vicente. Antes de continuar, Rosa y yo queríamos dar una noticia muy importante para nosotras.*

- Rosa: *Casi todos sabéis que las dos llevamos un tiempo intentando adoptar a un niño...*

Musa: Victoriano, en un tono no muy agradable, replica.

- Victoriano: *Buenooo, lo que faltaba...*

- Carmen: *¡Pues sí, es bueno!*

- Rosa: *Al final lo hemos logrado, y será una niña.*

- Matías: *Lo siento, pero yo no estoy de acuerdo con esto. ¿Qué educación va a recibir esa niña, viviendo con dos...? ¡Bueno, eso!*

- Carmen: *No se asuste, dígalo claro. Con dos lesbianas.*

- Luis: *Yo, en eso estoy de acuerdo con Matías. Lo siento pero no creo que sea natural.*

- Carmen: *¿Por qué no?*

- Ataúlfo: *¡Pues, porque no es normal!*

- Carmen: *Entonces, ¿qué es normal?*

- Ataúlfo: *Pues normal es un padre y una madre.*

- Rosa: *Lo normal es que a un hijo se le de amor, y eso tanto se lo puede dar una madre y un padre, como nosotras dos.*

- Carmen: *Lo que necesitan esos niños es cariño, y un hogar lleno de amor. Y nosotras podemos y sabremos dárselo.*

- Victoriano: *Ya, pero entre dos lesbianas... Luego, esa niña será...*

- Rosa: *¡Siempre con la misma cantinela! ¡Yo soy hija de heterosexuales, y me crié con ellos!*

- Carmen: *Yo también, y sin embargo no soy heterosexual. Que esta niña se críe con nosotras no quiere decir que vaya a ser homosexual.*

- Rosa: *¡A ver cuándo este mundo se va a dar cuenta de que las personas homosexuales tenemos tanto derecho a la vida y al amor como cualquier otro ser humano!*

- Vicente: *Bueno, chicas, yo os felicito por la adopción y por el coraje que tenéis al enfrentaros a la vida.*

- Matías: *Don Vicente, ya sabemos que usted es un tanto liberal, ¡pero no sabíamos que lo fuera tanto!*

- Vicente: *Yo, lo que soy es partidario de la palabra de Jesús, que decía que nos amemos los unos a los otros.*

- Ataúlfo: *Pero, Don Vicente, que él se refería al amor entre hombres y mujeres.*

- Vicente: *Él se refería al amor entre todas las personas*

- David: *Déjelos, Don Vicente, ¿no ve que no lo entenderán nunca? En este un mundo de violencia, donde se siembra odio en vez de amor; donde unos cuantos se enriquecen viviendo en la opulencia, a costa de llevar a muchos a la más indignante pobreza y los condenan a morir de hambre, porque no tienen un pequeño trozo de pan que llevarse a la boca; donde se crean guerras en nombre de tal o cual idea o de diferentes intereses, destrozando vidas y el planeta día a día, y resulta que este mismo mundo se escandaliza porque dos personas del mismo sexo se amen.*

Musa: Tras un largo silencio, en el que cada cual reflexiona por lo que ha dicho David... la verdad es que yo también lo voy hacer, se oye una voz.

- Severiano: *Yo estoy de acuerdo contigo, David. Este es un tema que toda persona, y en especial los gobernantes de este mundo, deberían pensar profundamente y sacar sus propias conclusiones, para que se dieran cuenta de a qué clase de futuro nos están llevando.*

- Federico: *Sí, pero yo quiero ser optimista y pensar que si todos ponemos de nuestra parte, podemos conseguir un mundo mejor para las siguientes generaciones que han de venir.*

- Rosalía: *El tema es interesante, y aunque nos tiene que preocupar a todos, creo que deberíamos volver a la obra.*

- Vicente: *Quedan por repartir papeles para Evaristo y David, y nos quedan los personajes de Judas y Jesús...*

- Clotilde: *Pues está claro. Evaristo será Judas.*

- Evaristo: *¡Un momento, un momento! ¡Porque tú lo digas!*

- Josefina: *No lo dice ella sola, creo que los demás también lo pensamos.*

- Evaristo: *Bueno, yo no tendría ningún problema en hacer de Judas, pero es que entonces para el papel de Jesús sólo queda David. Y en eso no estoy de acuerdo.*

- Pepita: *¿Por qué no?*

- Evaristo: *Porque no tiene sentido que el papel de Jesús lo haga una persona que tiene... Pues eso, lo que todos sabemos.*

- Severiano: *Pues no, no lo sabemos.*

- Evaristo: *¡Pues que no tiene bien sus facultades mentales!*

- Ángela: *No me esperaba esto de ti. Si hubiesen sido Ataúlfo o Victoriano, los que dijesen esto, aún. Pero de ti, nunca.*

- Mercedes: *David no está loco, como tú has pretendido decir. No es justo que se juzgue así, porque sé que otros también lo piensan, aunque no lo digan.*

- David: *Gracias Mercedes. Es verdad que tengo una enfermedad mental, pero eso no significa que no pueda vivir y convivir con el resto de la sociedad, aunque algunas personas quisieran apartarnos y dejarnos de lado. Pero nosotros somos tan personas como cualquiera, con nuestros sueños, ilusiones y sentimientos. No nos miréis como enfermos, sino como a personas, con sus virtudes y sus defectos, y con capacidad de amar, como el que más.*

- Vicente: *¡Bien dicho, David!*

- David: *Y ahora me voy, porque no quiero ser un elemento de discordia entre vosotros.*

- Antonio: *¡No lo hagas, David! Tú también eres parte de nosotros.*

> Musa: Pero David se marcha, cruzando la puerta del bar de doña Clotilde.

- Ángela: *¡Qué! ¡Habrás quedado contento, Evaristo!*

- Evaristo: *Bueno... Lo siento mucho, no quería ofenderle.*

- Ángela: *Eso tendrías que habérselo dicho a él.*

> Musa: Mientras, Antonio le da indicaciones a León.

- Antonio: *Va León, corre, ¡ve a buscar a David!*

Musa: Mientras, David ha llegado a una explanada solitaria a las afueras del pueblo, y la noche hace mas solitario, si cabe, el lugar. León ha salido en su búsqueda y, mientras lo busca, va pensando...

- León: *¡No hay quien entienda a estos humanos! Se comportan como auténticos animales. ¡Y después nos llaman animales a nosotros! No les importa hacer daño por el simple hecho de hacerlo, se matan entre ellos por el placer de hacerlo, sus ansias de poder día a día van destrozando la naturaleza. Y se divierten martirizándonos y haciéndonos daño a nosotros, nos cogen como mascotas y, cuando se han cansado, nos abandonan a nuestra suerte sin ningún miramiento, sin importarles lo que nos pueda suceder. Afortunadamente no todos son así, ¡pero los hay que son autenticas bestias!*

Musa: David, a lo lejos, oye unos ladridos que, poco a poco, se van acercando. Y de pronto...

- David: *¡León!*

- León: *¡Guau, guau, guau!*

Musa: León se ha puesto de lo más contento por haber encontrado a David, y no deja de mover la cola.

- David: *Tranquilo, León, tranquilo. Ya sé que estás contento de verme, pero ¿qué haces tú aquí? Seguro que Antonio te ha mandado para que me busques...*

- León: *¡Guau, guau, guau!*

- David: *¡Hay que ver! ¡Si los animales tenéis mejores sentimientos que muchas personas! ¿Sabes? He estado aquí reflexionando y he pensado que debo ir a representar la obra. Si no voy, es como si me escondiese, y eso sería darle la razón a los que piensan que las personas como yo no servimos para nada. ¡Y de eso, nada de nada! Muy bien, León, ¡vámonos para allí!*

Musa: León y David, bajo el sonido de la música de Noche de Paz (este villancico debería sonar en los corazones de las personas más allá de la eternidad), se dirigen al lugar en que se encuentran los demás.

- León: *Guau, guau, guau.*

- Antonio: *¡Ahí viene León! Y también David.*

- Matías: *Pero, Antonio, ¿cómo puedes saber que David viene con León?*

- Antonio: *Porque me lo dice el corazón.*

- Rosalía: *¡Hola, David!*

- David: *Hola...*

- Ángela: *David, Evaristo tiene algo que decirte. ¿No es verdad, Evaristo?*

- Evaristo: *Pues sí. Quisiera disculparme contigo y pedirte perdón. A veces hablamos sin saber lo que decimos. Sé que te he hecho daño y te he ofendido, por eso, desde lo más profundo de mi corazón, te pido perdón. Y será un honor para mí representar el papel de Judas junto a ti, si tú haces de Jesús.*

- David: *¡Gracias! Para mí también será un honor trabajar junto a todos vosotros. Sé que todos tenemos nuestras diferencias, pero eso no debe ser un obstáculo para que llevemos a cabo nuestro proyecto.*

- Rosalía: *Bien, pues como creo que todos estamos de acuerdo, sólo queda por decir que a partir de pasado mañana empezaremos los ensayos, para que el día de Nochebuena podamos representar.*

Musa: Los días van pasando y ellos, con ilusión, van ensayando, con gran esfuerzo y sacrificio por parte de todos. De vez en cuando se oye la voz de Patricia, pero en esta ocasión no es para decir que todo va a salir mal, sino para apoyar y dar ánimos a sus compañeros.

¡Y llega el día señalado! Los nervios están a flor de piel, pero cada uno va consiguiendo sacar lo mejor de sí mismo. Los vecinos del pueblo han abarrotado los jardines de la iglesia, y al terminar la obra aplauden entusiasmados, reconociendo el gran esfuerzo que cada uno de los componentes de ese grupo ha llevado a cabo.

Detrás del telón, nuestros personajes se funden en un sincero y emotivo abrazo. No hay muralla infranqueable. Han demostrado que cualquier barrera se puede superar.

Se oye, con todo su esplendor, la música de "We are the champions", de la banda Queen, encabezada por el malogrado Freddy Mercury. Algunos creerán que es porque la vida es para los campeones, pero la verdad es que la vida es para cualquier ser vivo, especialmente para aquellos que son capaces de ofrecer amor a los demás.

La espera

Sentado en una de las sillas de una de las mesas de una cafetería de cualquier lugar, se hallaba un hombre de aspecto muy tranquilo y relajado. Pidió dos tazas de café al camarero, hecho que venía repitiéndose desde hace ya un tiempo. El camarero, como de costumbre, le sirvió las dos tazas de café, pero en esta ocasión se dirigió a él para hacerle un comentario...

- Caballero, perdone que me entrometa donde quizás no debiera. Hace un tiempo que viene usted por aquí, pero últimamente he comprobado que, cada día, pide dos tazas de café, se pasa un buen rato delante de ellas, después se levanta, paga y se va, sin haberse tomado ni siquiera una de ellas. Si el motivo es que ya no le gusta el café que aquí servimos, ¿por qué vuelve?

El hombre, con tranquilidad, responde al camarero.

- No, no es eso. Su café es de una gran calidad.

- ¡Pues entonces no lo entiendo! – repite el camarero - ¿Y por aquí pide dos tazas, si no se toma ni siquiera una sola de ellas?

- Una de ellas no es para mí, sino para alguien a quien estoy esperando.

El camarero, igual de confuso, replica.

- Eso lo entiendo, caballero, pero teniendo en cuenta que quien sea que usted espera no acaba de llegar, podría, por lo menos, tomarse su taza...

- ¡Oh, no! – responde el caballero - Eso sería una falta de consideración hacia mi invitado.

- Esta claro, caballero, que está usted esperando a alguien muy importante para usted.

Para sorpresa del camarero, el caballero apunta:

- Y para usted también lo es...

- ¡Cómo! – responde, sorprendido, el camarero - ¿Acaso lo conozco, yo?

- Por supuesto – responde el cliente – No sólo usted, sino todo el mundo, lo conoce.

- Perdóneme, caballero, ¿puedo preguntarle a quien espera?

El cliente, muy serenamente, le contesta mirando a los ojos del camarero.

- Estoy esperando a Dios.

- ¡Ah! Dios... – el camarero no cabe en su sorpresa - ¿Y cuánto tiempo hace que le espera?

El cliente, siguiendo con su tono tranquilo y parsimonioso, como si no hubiera nada más importante que aquella conversación, responde de nuevo.

- ¡Mucho! Pero no importa, esperaré tanto como tenga que seguir esperándole. No tengo ninguna prisa, ya que tenemos toda la eternidad.

El camarero, tras reflexionar unos instantes, añade:

- Mire, caballero, ahora termina mi turno y cada día, cuando acabo, suelo irme a casa, o a pasear un poco. Pero lo que usted está haciendo y lo que me ha dicho, me ha conmovido de tal manera que hoy, en vez de irme, voy a quedarme yo también a esperar con usted. Y lo voy a hacer sentado en una de las sillas de aquella mesa del rincón, que no sé muy bien por qué razón siempre está vacía porque nadie se acerca a ella.

Al cabo de un rato, el cliente que sigue esperando, va observando cómo por la mesa del camarero, van pasando diferentes personas, compartiendo conversación, risas, compañía y tazas de café con él. Por lo que decide dirigirse hacia allí.

- Perdone usted que sea yo ahora, quien quizá se entrometa donde no deba. Pero creía que me había dicho que venía a esta mesa, que siempre esta o al menos estaba vacía y solitaria, a esperarle a Él también.

El camarero, con tranquilidad y esbozando una sonrisa, responde:

- Dice usted bien, caballero, sólo que cuando me iba acercando a ella, y la veía tan sola y desamparada, decidí ir yo en su búsqueda, en vez de esperar a que Él viniera.

Sorprendido el cliente, ante la respuesta del camarero, continúa con la conversación:

- ¡Pero, entonces! ¿Qué hace aquí perdiendo el tiempo con todas estas personas?

A lo que el camarero, siguiendo con su tono de tranquilidad, le vuelve a responder:

- Disculpe, caballero, no pierdo el tiempo, porque ya lo encontré, y ahora Él también está aquí con nosotros.

El cliente, más sorprendido, si cabe, sin saber si creer o no lo que dice el camarero, continúa:

- ¿Cómo, que está aquí? ¡Pero si yo no lo veo!

Y el camarero, con una paz interior, como jamás antes había sentido, de nuevo le vuelve a responder:

- Perdone caballero, pero si usted, que lleva días esperando, no es capaz de verlo entre todas estas personas, que están en esta mesa, que siempre había estado vacía y solitaria, compartiendo, entre otras muchas cosas, las tazas de café que se han puesto encima, entonces no siga usted esperando más en su mesa, con sus tazas de café, ya que se le enfriaran eternamente, porque él jamás vendrá a su mesa. En realidad caballero, él siempre ha estado aquí, sólo que usted no ha sabido verlo.

El pedestal

Viajando por la vida, se encontraron por un camino dos hombres, y uno de ellos le hizo una observación y una pregunta al otro:

- Te veo triste y preocupado, ¿qué te pasa?

A lo que el otro hombre le respondió,

- ¡Esta vida, que es injusta!

- ¿Y eso? ¿Por qué? – volvió a preguntar el primero de ellos.

- Porque sin saber cómo, ni por qué, me he encontrado con un gran problema, y la verdad es que no sé qué hacer, por lo que necesito que alguien me ayude.

El primero de los hombres, vuelve a hacer un comentario:

- No sé si esto te pueda ayudar o no, pero hace un tiempo, conocí a alguien que pasaba por lo mismo que tu. Él tenía, digamos que dos amigos; a uno de ellos no le hacía ni el menor caso, como si no existiese, y sólo se acordaba de él para que le ayudara cuando se encontraba en momentos de apuros; en cambio, al otro le dedicaba toda su atención y devoción, no había nada mas importante en el mundo para él. Y así iba transcurriendo la vida, hasta que un día, sin saber cómo, ni por qué, como tú mismo has dicho, se encontró con un problema como jamás antes había tenido. Y, al igual que tú, también necesitaba ayuda. Pero he aquí que, paradojas de la vida, el amigo de quien había abusado, que siempre quería ayudar, no podía, debido a la situación de ruina a la que había llegado tras constantes indiferencias y olvidos. En cambio, el otro amigo, que si podía, resulta que no quería, ya que vivía encima de un pedestal, donde precisamente él le había colocado. Tal vez si hubiera repartido su dedicación, atención y preocupación entre sus dos amigos, el que no podía, hubiera podido hacerlo, y el que no quería, al no estar endiosado sobre su pedestal, hubiera querido. E incluso es posible que su problema nunca hubiera llegado a ser tan importante, pero ya fue demasiado tarde, y tan solo pudo gritar a los cuatro vientos, por si alguien le oía, "¡Qué injusta es la vida!"

De nuestros dos hombres, los protagonistas de esta historia, el hombre que estaba preocupado, debido al gran problema que se le había presentado, al escuchar la historia que le contó su compañero de camino, le comentó a éste:

- La verdad, no veo en qué me puede ayudar lo que me has contado. Pero, ¿y tú? ¿No me puedes ayudar tú?

A lo que el segundo hombre, responde.

- Amigo mío, una vez más te acuerdas de mí en estos momentos. Pero como te he dicho, ya es demasiado tarde, y ahora ambos estamos caminando por el mismo sendero, cuando antes nunca quisiste hacerlo junto a mí, ya que solo querías hacerlo con aquel al que encumbraste en un pedestal. Quizá ahora, lo más justo sería que fueses a llamar a su puerta, y decirle "¡Qué injusta es la vida! Yo aquí tan abajo, y tú ahí, tan arriba, en ese pedestal que yo mismo te construí"...

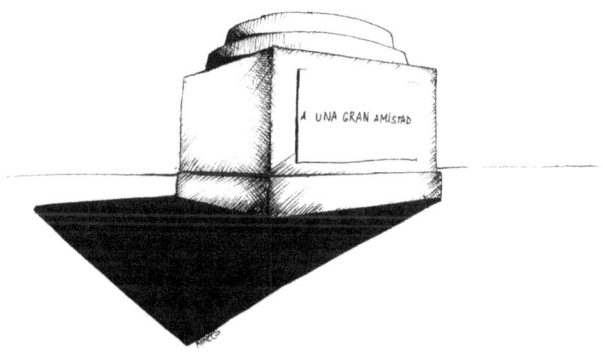

A UNA GRAN AMISTAD

Yo aquí tan abajo, y tú ahí, tan arriba, en ese pedestal que yo mismo te construí"...

La partida

Sobre la mesa, un tablero y alrededor de éste, los jugadores, dispuestos a mover las piezas, según el valor que ellos mismos les han dado.

Aquellas a las que más valor han concedido, como disponen de muchos privilegios tienen también mucho que perder, y por eso son las más fáciles de manejar.

En cambio, a las que menos valor se ha dado, al no tener nada que perder, se pueden escapar de las manos y, si eso ocurre, la partida no podría continuar. Para evitarlo, les han de hacer creer que ellas son las más valiosas e importantes del juego, y que su sacrificio no será en vano, que alcanzarán la gloria y pasarán a la historia como los grandes héroes de la partida.

Pero cuando la partida haya terminado y sus cuerpos inanimados queden en el campo de batalla, cuando los seres queridos derramen su doloroso llanto sobre sus tumbas, también sobre éstas aparecerán aquéllos que crearon la partida, para repartirse las mieles de la victoria y recrearse en el espectáculo.

¿Cuántas personas inocentes se verán obligadas a jugar dicha partida?

La marioneta

Por las noches les persigue una pesadilla que no les deja dormir. Se les aparece una marioneta, con la cara muy triste, que coge unas tijeras y corta los hilos. En ese mismo instante, su rostro se ilumina, y en él se refleja, la alegría y la esperanza.

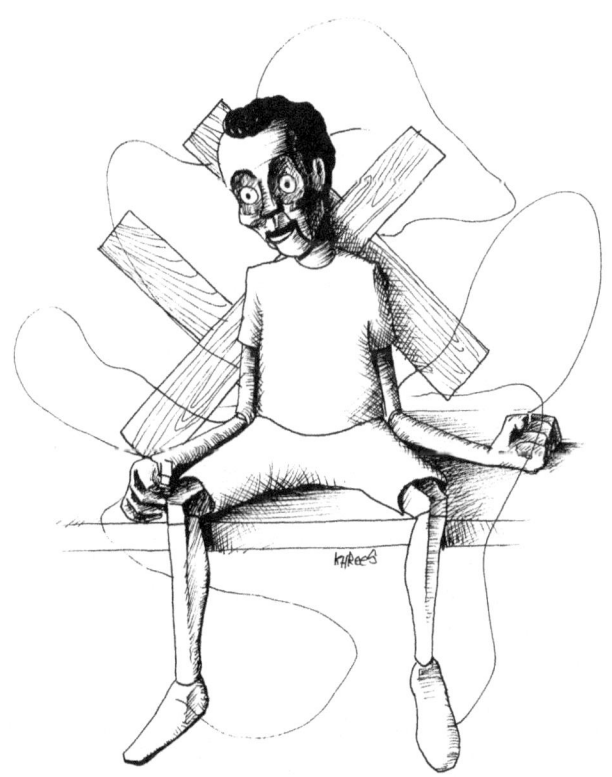

Esa pesadilla les tiene atemorizados.

No pueden condenarte por nada, solo has cortado los hilos con los que te manipulaban, pero precisamente por eso tampoco pueden dejarte sin castigo, ya que otros podrían querer hacer lo mismo, y entonces su mundo construido a través del sufrimiento y del dolor de tantos inocentes puede empezar a derrumbarse, y eso es algo que ellos no están dispuestos a permitir.

La auténtica revolución está en uno mismo, y no se hace con las armas, sino con el corazón.

Una historia sin más

Érase una vez, en un lugar que bien podría ser este o cualquier otro, que vivían las personas en armonía y paz. Pero ocurrió que un día, al irse a dormir, lo hicieron tan profundamente que, cuando despertaron, se encontraron con que todo había cambiado.

La paz y la tranquilidad que hasta entonces habían reinado, habían desaparecido y empezaron a destacar personas que vivían en medio de una gran riqueza, mientras que otras lo hacían en la más extrema pobreza. Pero también había un grupo de personas que se encontraban en medio de esa situación, y que consideraban que no era justo que unos tuvieran tanto y otros tan poco.

A ese lugar llegó, un día de esos que lo mismo está nublado como soleado, un hombre que, al ver lo que allí ocurría, decidió quedarse para cambiar las cosas y que éstas fueran más justas.

Buscó una humilde casa donde vivir y, después, fue en busca de ese grupo de personas que, como él, decían que querían cambiar lo que allí estaba ocurriendo, para que todos, aunque fueran diferentes, fueran tratados con dignidad y respeto. Cuando los encontró, les habló y les explico lo que él quería hacer para arreglar esa situación, y que nunca más se volviera a producir. Y después de hacerlo, volvió a su humilde morada.

Entre el grupo que le había escuchado muy atentamente, se alzo la voz enérgica y fuerte de uno de habitantes del lugar:

- ¡Este hombre es un peligro para todos nosotros! ¡Debemos acabar con él, antes de que sus ideas se extiendan por todo el lugar!

Pero también se alzo la voz de otra de las personas del grupo:

- Pero, ¿cómo puedes decir eso? ¿Qué peligro puede representar ese hombre, si solo nos ha venido a hablar de amor, paz, justicia y respeto para todos, que es precisamente lo que nosotros queremos?

Y el primero volvió a arremeter:

- ¡Yo sólo os digo que ese hombre traerá el mal, y nosotros pagaremos las consecuencias!

A partir de ese momento, aquél grupo de personas se separó en dos. Por un lado, estaban los que querían de corazón ayudar a los más pobres y olvidados del lugar, y, por otro lado, los que sólo pretendían utilizarlos para conseguir sus objetivos.

Estos últimos, viendo las consecuencias que se podrían producir, se pusieron rápidamente en contacto con el grupo de los más poderosos, a los que, en realidad, servían. Tras estudiar muy detalladamente la situación, éstos llegaron a la conclusión de que también ese hombre podía ser un peligro para ellos, pero no querían verse mezclados en semejante asunto, por lo que decidieron lavarse las manos. Sin embargo ellos estarían dispuestos a llevar a cabo la ejecución de ese hombre, siempre que fueran los otros quienes lo condenaran, haciéndole pasar ante el resto de las personas del lugar, como alguien muy peligroso para todos ellos. De esta forma, podrían justificar lo que estaban perpetrando.

Y así aquel grupo que decía querer defender la justicia y los derechos de todos, colaboró en el atroz asesinato de aquel hombre, que de lo único que era culpable, era de dar amor a los demás. Y se diga lo que se diga, con su muerte nada cambió, ya que, en realidad, prácticamente todo siguió igual.

Eso sí, aquel hombre dejó su huella, su esperanza, su fe y amor por los demás. Y precisamente de esa fe y esperanza se aprovecharon otros para crear un gran imperio y negocio, jugando con las vidas de personas débiles e inocentes.

Y de nosotros depende que todo siga igual. Si queremos mantenerlos encima del pedestal, esperando sentados, sin cortar los hilos que nos manejan, entonces no nos quejemos, porque seguramente tendremos el mundo que merezcamos tener. Pero si queremos dejar un mundo mejor para nuestros hijos, y los hijos de éstos, empecemos ya a sembrar las semillas de la justicia, de la solidaridad, de la paz, del respeto y de tantas otras cosas, que tanto ellos, como ellas, puedan llegar a amar.

Por la paz

Cuando tantos y tantos inocentes mueren por culpa de la plaga del hambre y de la violencia, cuando la esclavitud y la explotación, aniquilan, tanto física como moralmente a tantos seres humanos, el corazón se desmorona y se rompe en multitud de pedazos, uno por cada una de las víctimas de semejante sinrazón.

Cuando recogemos los pedazos e intentamos reconstruirlo, nos damos cuenta que antes tenemos que vencer a la mayor de las plagas: la indiferencia.

Un día a través de la ventana de la libertad y de los sueños, vimos un campo lleno de flores de todas las clases y de todos los colores que embellecían el mundo. Pero un día también un ruido terrorífico nos despertó y nos robó nuestro sueño, y a cambio nos entregó una pesadilla envuelta en un manto lleno de terror y desolación.

Un día la paz dejó de sonreír y se puso muy triste. Una paloma se acercó a ella y le preguntó: "amiga paz, ¿por qué estás tan triste?". Y ella respondió: "porque las personas me han abandonado, se han ido con la violencia, la intolerancia, la insolidaridad y el odio, entre otras, así que ahora estoy sola". Y la paloma le dijo: "la verdad es que yo no sé mucho, no tuve la oportunidad de aprender, y quizá por eso no entiendo muchas de las cosas que pasan". La paz entonces le respondió: "no te preocupes, no es culpa tuya cuando tú has hecho lo que estaba en tu mano. No olvides que, al fin y al cabo, es lo que pretenden ellos, que no entiendas nada, así les resulta mucho más fácil. Pero lo más triste de todo es que, mientras tanto, están muriendo muchos niños y niñas a los que ni siquiera se les ha dado la oportunidad de ser culpables de algo".

Y la paloma, triste también pero con ganas de hacer algo por su amiga la paz, le comento a ésta: "amiga paz, dentro de mi ignorancia, creo que empiezo a entender por qué estás triste. ¿Qué puedo hacer yo para devolverte la sonrisa?"

La paz, toda llena de bondad al ver a su amiga paloma tan deseosa de ayudarle, le contestó: "contempla toda la belleza que hay a tu alrededor, cuídala y compártela con todos los demás, desde lo más profundo de tu corazón, y vuela, vuela muy alto hacia la libertad".

Nos encontramos en un mundo lleno de cosas hermosas, pero en el que también se atropellan y violan los derechos más fundamentales de los seres humanos. Sorprende y avergüenza que no se puedan alimentar a tantas personas que no tienen ni un pedazo de pan que llevarse a la boca. ¿Cuántas vidas se podrían salvar con sólo el 10% de lo que se gasta en armamento? Sin embargo, seguimos empeñados en alimentar guerras, que sólo traen dolor, sufrimiento, odio, muerte y destrucción. ¡Qué manera más absurda y cruel de dirimir diferencias!

A veces se oye decir que se tendrían que prohibir las guerras. Y quizá sólo sería como poner una tirita que alguien acabaría quitando. Debería ser el propio ser humano, cuando encuentre la humanidad que un día perdió, el que deje de crearlas.

¿Qué futuro nos espera, cuando convertimos, entre otras cosas, en soldados y esclavos sexuales a nuestros niños y niñas?

No me extraña que la paz este triste. No sabemos si ella y la paloma se volvieron a encontrar. Pero cuando nosotros somos cómplices, quizás sin quererlo, quizá sin saberlo, de la indiferencia, también nos olvidamos de nuestra amiga la paz.

Por eso, desde aquí, queremos cada uno de nosotros, sembrar una semilla de libertad, de tolerancia, de respeto, de solidaridad, de amor y de muchas otras cosas, para no volver a dejar nunca más sola a la paz, y que pueda volver a sonreír de nuevo.

Por los derechos humanos, por la paz, por la no violencia, y por todo aquello que nos hace, a pesar de todo, sentirnos orgullosos de ser seres humanos.